BBULMEDIA

http://www.bbulmedia.com

무황
전기

King of Martial Arts

King of Martial Arts

무황천기

김수미 현대 판타지 소설

CONTENTS

1.

후불제?

"으⋯⋯."

'여긴 어디지?'

무열은 자신이 밑으로 떨어져 내린 기억은 있었다. 분명히 조금 전까지 구경하던 곳은 고대 유적지였다. 갑자기 발밑이 푹 꺼지면서 떨어지기 직전까지는 즐거운 관광시간의 일부였었다.

가이드의 특별한 소개도 있었지만, 무열의 생각에도 이곳은 충분히 봐둘 가치가 있는 곳 같았다.

둔황(敦煌;돈황)의 주요 유적지에서는 많이 떨어져 있지만 소규모에 최근 발견된 곳이라서 아직 알려지지 않았다는 점도 마음에 들었다. 그래서 주요 유적지로 가는 길목에 일정에도 없던 이곳을 시간을 내서 들렀다.

가이드는 무열을 혼자 내려주고 두 시간 후면 다시 돌아온다고 했었다. 이런 일이 생길 줄은 가이드도 몰랐을 것이다.

'어쩌면 잠시 기다리면 가이드가 나를 찾으러 와서 구해줄 수 있을지 몰라. 그런데 여기는 대체 어디일까?'

아무리 생각해도 유적지 아래쪽에 어째서 이러한 동공(洞空)이 있는 것인지 알 수가 없었다. 무열은 주변을 둘러봤지만 아무것도 보이지 않았다. 눈을 제대로 떴는지도 알 수 없는 칠흑 같은 암흑뿐이었다.

무열이 몸을 살짝 움직여 보니 다행히 뼈가 부러진 곳이나 크게 다친 곳은 없는 것 같았다. 몸 여기저기에 약간의 통증들이 있을 뿐이었다. 어둠 속에서 조심스레 움직여서 일어났다. 그리고 생각해 보니 자신의 등 뒤에 메고 있던 배낭도 그대로 가지고 있었다.

'맞다!! 그게 있었지.'

이럴 때는 엄마의 소심함도 도움이 된다. 사주팔자를 너무 믿으시는 분이시라서 다행인 걸까? 무열의 사주에 유독 화기(火氣)가 없다면서 불을 가지고 다녀야 한다고 꼭 가지고 다니라고 직접 사주신 비싼 지포라이터의 존재가 이럴 때는 이렇게 소중할 줄이야.

담배도 피우지 않는 무열에게는 짐이 하나 더 있는 셈

이지만, 어느 때고 불이 들어올 수 있는 상태로 가지고 다녀야 효과가 좋다고 신신당부하셔서 항상 기름은 채워두는 편이었다.

딸깍. 딸깍. 딸깍.

자주 사용하지 않던 라이터는 여러 번을 눌러줘야만 했다. 잠시 후 고요한 어둠 속에서 라이터 부싯돌 소리와 함께 빛이 들어왔다.

'와우~ 여기도 유적지의 일부인가?'

무열이 주변을 둘러보니 놀랍게도 이곳은 자연적인 동굴이 아닌 인공적인 동공이었다.

여기저기 분명히 사람의 손길이 닿은 흔적들이 있었다. 한쪽 벽에는 책장 형태로 벽면의 돌을 파서 만든 공간이 있었다. 그리고 정면에는 다른 곳으로 통하는 것으로 보이는 문처럼 생긴 입구가 보였다.

잠시 위를 올려다보니 컴컴하기 만한 깊은 어둠이 보였다.

'저 위 어딘가에서 내가 떨어져 내린 모양이군.'

주변에는 자신이 떨어져 내릴 때 천장이 같이 무너져 내린 듯 돌들의 잔해가 보였다. 다시 위쪽을 보니 나무뿌리들도 살짝 보이는 것으로 보아서 그다지 깊은 곳은 아닐지도 모른다는 희망을 살짝 품어보았다.

"가이드 아저씨! 아저씨~"

"누구 없어요? 안 계세요?"

이런다고 들릴지 모르지만 무열은 우선 소리부터 질러 봤다. 한국어로도 해보고 중국어로도 해보지만 아무 대답이 없었다.

비싼 돈 내더라도 제대로 된 가이드를 고용하라고 해서 한국 여행사에서 소개한 한국인을 고용했었다. 친절하고 소탈한 아저씨라서 참 좋았는데 그 과잉 친절이 이러한 화(禍)를 부르기는 했지만 말이다.

중국 역사에 관심이 많아서 장기 여행을 왔다가 이쪽 변방까지 왔다고 하자 이곳을 특별히 안내를 해주신 분이 셨다. 세상에 아직 공식적으로 알려지거나 연구가 많이 되지 않았지만 이곳은 과거 원나라 때 지어져 그 후에도 중국 황실에서 사용했던 곳이라고 했다.

어떠한 용도인지 왜 이 머나먼 곳까지 황실이 직접 관리하는 건물이 있었는지 정확히 밝혀진 것이 아무것도 없는 건물이라서 앞으로 연구해 볼 만한 유적이라고 했다.

무열은 이런저런 쓸데없는 생각을 잠시 했지만 다시 현재에 집중해야 한다고 생각했다. 지금 자신은 역사와 유적을 생각할 때가 아니라 이곳을 빠져나가야 하는 것이 급선무였다.

'우선 나갈 길을 찾아볼까?'

세상에 무서운 것이라고는 다리 다섯 개 이상의 생명체 밖에는 없는 무열에게는 어둠이나 귀신, 이러한 것들은 공포의 대상이 아니라서 다행이었다.

무열은 작은 라이터 불에 의지해 자신이 있는 방을 나서서 복도로 나갔다. 생각보다 잘 닦여진 복도는 20m 정도의 길이로 짧았다. 그리고 복도 양쪽으로 여러 개의 다른 방으로 통하는 것으로 보여 지는 문들이 있었다.

복도가 끝나는 곳에는 확 트여 보이는 공간이 있는 것 같아서 그쪽을 향해서 움직였다.

넓은 곳에 나오자 이곳은 광장 같은 느낌의 공간이었다. 중앙에는 작은 연못 같은 물이 있었다. 사방은 여전히 막혀 있었다. 천장을 올려다봐도 벽을 봐도 온통 암석으로 막혀 있었다.

다시 돌아서 복도 쪽 다른 방들을 보려고 걸음을 옮겼다. 그리고 들어가서 가장 첫 번째 오른쪽의 방에 들어갔을 때였다.

'헉!'

무열이 겁이 많은 사람이라면 벌써 비명을 질렀을 것이다. 그곳에는 분명히 사람의 유골로 보이는 것들이 방 전체에 흩어져 있었다. 상당히 많은 양이어서 여러 명의 사람이 죽은 것이 분명했다.

'이들은 무슨 사연으로 여기에서 죽은 거지?'

궁금하긴 했지만 무열이 고고학자나 역사학자도 아니니 알 방법은 없을 것이었다. 그나저나 라이터 기름이 조금 있으면 다 닳아 버릴 텐데 불을 붙일 물건을 찾아야 했다.

'이 방에는 아무리 둘러봐도 석벽과 해골들 외에는 아무것도 없으니 다른 방으로 가봐야겠다.'

바로 옆방으로 가보니 그곳에는 가구로 보여 지는 나무로 된 물품들이 몇 개 있었다. 무열은 문화유산을 훼손하는 것 같아서 마음이 잠시 무거워졌지만 우선 사람이 살고 봐야 하는 것이라는 생각을 했다. 사실 그보다는 밖에 가져가면 비쌀지도 모르는 유물들을 태워 버리는 것 같아서 내심 아까운 마음이 더 컸다.

'아무래도 비쌀 것 같은데…… 쩝, 어쩔 수 없지.'

마음을 굳게(?) 먹고, 작은 수납장 같이 생긴 가구를 앞쪽으로 꺼내서 발로 밟아서 대충 부셔서 포개 놓았다. 그리고 가방에서 가이드북을 꺼내 불쏘시개를 만들어 불을 붙였다.

'이제 이걸로 라이터 불은 조금은 아낄 수 있겠어.'

불이 제대로 타들어 가자 복도까지 약간은 환해졌다. 그리고 다른 방들도 차례로 둘러봤지만 특별해 보이는 것은 없었다. 각 방에서 찾은 몇 개의 나무 가구가 더 있으니 불은 당분간 걱정하지 않아도 될 것 같았다.

그렇지만 여기는 정말 단순한 구조에 나갈 길도 없는 것 같았다. 아까 자신이 떨어져 내린 공간을 포함해서 총 일곱 개의 공간으로 구성된 곳이었다. 복도를 따라 양쪽으로 여섯 개의 방이 있고, 복도 끝에는 큰 광장처럼 보이는 연못이 있는 곳이 있는 것이다. 그냥 봐서는 뭐하던 곳인지 도통 알 수가 없었다.

'그런데 왜 이렇게 춥지?'

아무리 지하라지만 여름인데 이곳은 정말 추웠다. 우선 불을 피워놓은 방에서 이제 어떻게 해야 하나 생각해 보기로 했다. 그때다.

스스슥— 스—스슥—

무엇인가 자신의 주변을 맴도는 느낌이랄까? 무열은 순간 소름이 끼치는 느낌이 들었다. 하얀 무엇인가가 모이더니 그의 주변에 거대한 몸체를 만들어냈다.

"으아악!!"

이럴 때는 기절을 해도 좋을 텐데 항상 무열은 기절과는 거리가 멀었다. 그저 놀라서 뒤로 엉덩방아를 찧으며 입 밖으로 크게 비명을 질러댔다.

"거봐, 영감. 이렇게 하지 말고 말부터 걸자니까, 놀라잖아?"

"쯔쯔…… 생각이 없기는 우선 보여주고 말을 걸어야

덜 놀라지."

"두 분 시주께서는 제발 그만 다투시고, 빈도가 시주께 인사를 건네도록 하지요."

"그래요. 거기 화산파 장문인과 개방의 신개(神丐)는 제발 체통을 지키시고 조용히 좀 해주세요!! 그리고 혜광 (慧光) 대사님께서 우리를 대표해서 말씀해 주시는 편이 좋겠네요."

"허허, 철혈(鐵血) 사태는 너무 화내지 마시오. 너무 오랜만에 보는 사람이라서 다들 즐거운 모양이오."

"흥! 오백 년이라고!! 오백 년 만에 보는 사람이라고!!! 이 할망구야~ 당연히 즐겁지."

"할망구라뇨!!! 하여튼 개방의 신개는 그 저속하기 짝 이 없는 말투는 언제쯤 바꿔 주실 건가요? 제가 살아 있 었으면 벌써 그 혀를 아미의 검법으로 도륙(屠戮)했을 겁 니다!!"

"헉! 도륙, 도륙이라니!! 어이~ 혜광. 저거 불제자가 사용할 말이라고 생각해?"

무열은 너무 황당해서 아무 말도 떠오르지 않았다. 앞 에는 다섯 명의 사람, 아니, 사람처럼 보이는 하얀 형체의 무엇인가가 대화를 하고 시끄럽게 싸우고 있었다.

'이 사람들? 아니, 기, 귀, 귀신들은 뭐지?'

"흠흠⋯⋯. 이제 다들 그만들 해주시지요. 시주가 놀라고 있지 않습니까?"

"……."

보기에도 육중해 보이는 거구의 대머리 할아버지가 대장인 모양이었다. 일시에 다들 조용해졌다.

"시주, 빈도는 소림의 혜광이라는 불제자입니다. 놀라지는 않으셨는지요?"

"아…… 네…… 놀라긴 했는데 괜찮습니다. 안녕하세요? 저는 대한민국의 학생인 권무열이라고 합니다."

왠지 인사를 해야 될 분위기라 벌떡 일어나서 90도로 고개를 숙이고 넙죽 인사를 해 버렸다. 대머리가 아니라 알고 보니 스님이라고 하는 혜광 대사가 정중하게 고개를 숙이시면서 합장을 했기 때문이었다.

"저희들 소개를 하도록 하지요. 긴 이야기가 되겠습니다만 괜찮으시겠지요?"

"네, 괜찮습니다."

생각해 보면 여기에서 할 일도 없지 않는가? 그저 도움의 손길이나 구조를 기다리는 일밖에는 없었다.

'그래, 귀신이면 어때?'

무열의 인생에 이런 빅 이벤트가 자주 있는 것도 아닐 것이었다. 그는 원래 이렇게 태평한 성격이었다. 그리고 어쩌면 저들이 나갈 수 있는 방법을 알 수도 있다는 생각에 실낱같은 희망을 가지게 되었다.

하여튼 무열 인생에서 최악의 서막이 그렇게 시작되었다는 사실을 그 자신은 모르고 있었다.

무열은 노인들과의 긴 이야기 끝에 이곳과 그들의 정체를 알아냈다. 원나라 말 황제의 무림에 대한 압제로 각 정파의 문주가 끌려와서 갇힌 곳이라는 이야기였다.

소림, 무당, 아미, 화산, 개방의 각 문주가 여기에 끌려와서 이렇게 허무하게 생을 마감하다니 황당한 이야기이기도 했다. 물론 가장 놀라웠던 것은 무협 소설 속에서만 있는 줄로 알았던 무림이라는 곳이 실제였다는 사실이었다.

'어쩌면 이들이 여기에서 다 죽은 것 때문에 현재의 중국에는 무공을 하고 날아다니는 사람이 없는 것일까?'

하여튼 이들은 모두 각자 자신의 문파의 앞날을 궁금해하고 걱정하기도 했다. 무열은 여기에 갇힌 신세에 거짓말을 해봐야 이득도 없었기에 사실대로 아는 선에서 말해 줄 수밖에 없었다.

자신이 아는 선에서는 이제 세상에는 더 이상 무림이라는 곳은 존재하지 않고, 무공이라는 것도 더 이상 없다고 말이다.

그 이야기에 그들은 모두 넋을 놓고 슬퍼하고 있었다. 몇 번씩 확인을 하고 괜히 자신에게 화를 버럭 내던 개방의 신개라던 구부정한 할아버지도 이제는 울 것 같은 얼굴이었다.

사실 무열은 그들의 감정을 실감할 수 없었다. 무림이라는 세계가 있었다는 사실도 믿기 힘들뿐더러 현재에 무공을 사용하는 사람들이 있다는 것은 상상하기도 어려운 일이었기 때문이다.

그러나 이들에게는 문파, 무림의 존재는 정말 중요한 것인 듯싶었다. 자신들의 남아 있던 모든 것을 동원하고, 무당의 금지된 도술까지 동원해서 이곳에 이렇게라도 남아 있으려 했었다는 이야기를 들으니 왠지 모두가 측은해 보였다.

그때 갑자기 굳은 얼굴로 혜광 대사가 무열에게 다가왔다.

"시주님, 혹시 저를 도와 작은 거래를 하시겠습니까?".

"거래라니요?"

다들 갑자기 혜광 대사의 말에 귀를 기울이면서 이쪽으로 이목을 집중을 하고 있었다.

"제가 이곳에서 나갈 수 있는 그리고 시주에게 도움이 될 만한 것을 알려드리겠습니다. 대신 혹시 밖에 남아 있는 제 문파의 후손에게 몇 가지를 전달해 주시면 됩니다."

"이곳에서 나갈 수가 있나요?"

'그들도 이곳에서 못 나가서 저렇게 고혼이 된 것이 아

니었나?'

혜광 대사라는 사람은 무열의 생각을 이미 다 안다는 듯이 지긋이 미소를 짓고 있었다.

"네, 이렇게 죽고 나서야 알 수 있었습니다. 영혼이 되어서야 나갈 방법을 찾았지요. 그런데 지금 시주님의 상태로는 힘듭니다. 그래서 제가 알려드릴 방법이 필요합니다."

"혜광! 자네 무슨 생각을 하는 건가?"

"신개, 자네도 알지 않는가? 장경각이 다 불에 탔었어! 내가 가진 역근경이 소림의 마지막 보루란 말일세. 이 시주가 유일한 희망이네. 불제자가 이런 거래를 한다는 것 자체가 참으로 수치스러운 일이지만 이 방법이 전부라고 생각하네."

"후훗…… 흐흐흐…… 혜광, 자네가 이럴 때 보면 둔한 것이 아니라 우리 중 가장 영악스러운 구석이 있단 말이야. 나도 같이하자고."

"오옷!! 알았다. 늙은 땡중의 머리가 생각보다 좋은걸. 나도 한 다리 걸치자고."

"죄송스럽지만 저도 그 묘안에 같이 동참하면 안 될까요?"

"오~ 그렇군! 혜광 대사! 당신에게 이런 묘안이 있었구려."

그들의 두서없는 대화만으로는 무슨 방법인지 자세히 알 수 없었지만, 다들 이상한 분위기로 들떠서는 얼굴들이 환해져서 무열의 앞에 모여들었다. 이 날이 바로 무열의 인생 수년이 통째로 저당 잡히던 그날이었다. 살기 위해서는 어쩔 수 없는 선택이었지만 말이다.

생각보다 거래는 간단했다.

첫째는 그들이 불러주는 내용을 열심히 암기하고, 그들에게 무공을 배운다는 것이었다. 다행인 점은 무열이 학생 때도 날리던 수재라는 점과 한국의 주입식 교육에서 암기는 도가 터 있다는 점이었다. 한자라는 점이 조금은 암기에 애로사항이 되겠지만 중국어 전공인 무열에게 이러한 것이 큰 문제가 될 리가 없었다.

그런데 무공을 배우는 것은 어떻게 해결을 보냐고 했더니 생각보다 간단했다. 그들 자신들은 영체(靈體)이기도 했지만, 각자의 내공을 영체 형태로 뭉친 것이라고 했다. 무열이 그들의 영체를 흡수하면 자동으로 내공도 흡수가 되고, 무공의 기본이 되는 내공이 자동으로 생성될 수 있다고 했다.

그리고 아마도 그렇게 되면 거의 장기간 먹지 않아도 버틸 수 있을 테니 걱정이 없을 것이고, 그 주어진 시간 동안 자신들의 무공을 연마하라는 것이다. 그 후 무공에 대한 암기와 기본이 모두 완성되면 나갈 방법을 알려준다고 한다.

두 번째는 자신들의 각 문파 신물들이 유골이 가득한 방의 벽면에 숨겨져 있으니 가지고 나가서 암기한 것들과 함께 자신들의 후예를 찾아서 전달해 주라는 것이었다. 그리고 혹시 자신들 문파의 후예들이 기본적인 무공도 모르는 상태라면, 배운 무공을 모두 전수해 달란다. 무열이 혹시나 싶어서 문파가 한 명도 없이 멸문했다면 어떻게 하냐고 물으니 그렇다면 아무것도 안 해도 된단다.

듣기에는 그다지 나쁜 조건도 아니고, 이들의 이야기에 따르면 자신은 더 튼튼하고 건강한 신체와 아름다운(?) 외모까지 얻게 된다고 하니 일석이조이긴 했다. 그리고 탈출까지 가능하니 일석삼조인가?

물론 혜광 대사의 말로는 약속한 것이 지켜지지 않으면 무열의 몸이 산산이 부서지는 고통 속에서 죽도록 금제를 가한다고 했다. 그 금제가 무엇인지 모르겠지만, 그 대신 얻는 것들을 생각해 보면 결정은 쉬웠다.

'그저 탈출하고 물품 택배 좀 해주고, 무엇인가 가르치면 되는 것 아닌가?'

결정적으로 무열의 생각에는 현재까지 그들 각 문파의 후예들이 남아 있을 가능성은 정말 거의 없어 보였다. 즉,

밑지는 거래가 아니라는 것이다.

하여튼 하겠다고 무열이 대답을 하자마자 첫 번째로 나선 대상이 바로 혜광 대사였다.

그의 역근경이 유일하게 다른 내공들을 신체에서 충돌하지 않도록 모두 하나로 묶어줄 수 있는 것이기에 첫 번째로 배워야 한다고 했다. 혜광 대사가 말해주는 역근경을 암기하고, 소림오권의 형을 외우면 그 후에 내공을 전해준다고 했다. 물론 내공을 전해주면 혜광 대사는 이 세상에는 더 이상 남아 있을 수 없게 되어 버리는 것이었다.

그러한 방법으로 그들 다섯 명이 정한 순서로는 마지막이 개방의 신개였다. 마지막 순서인 신개는 자신의 내공을 전달해 주기 전에 탈출로를 알려준다고 했다. 그런데 이러한 무공 학습을 하기 전에 무슨 복잡하고 어려운 개정대법(改定大法)을 시행해서 무열의 오성을 좋게 하고 근골을 변경해야 한다고 했다.

'뭔 대법이기에 이름이 그리도 길어. 한자도 어렵네. 그런데 무공을 단시간에 익힐 수 있다고?'

갑자기 다섯 명의 귀신이 무열을 둘러싸고 서서 그 거창한 대법인가를 시작하려고 하고 있었다.

'귀신들에게 둘러싸여 있으니 기분이 참 묘하네. 이런 것을 찍어서 유튜브에 올리면 바로 돈 버는 건데. 아깝

다…… 쩝.'

이런 생각을 하고 있던 무열에게 그 다음의 생각은 이어질 수가 없었다.

"으—악!! 악!"

엄청난 고통에 비명만이 계속되었다. 무열이 태어나서 경험한 그 어떤 고통도 이보다는 힘들지 않았다. 결국 비명과 함께 그는 정신을 잃었다.

"그……만…… 악!"

무열은 한참을 길고 좁은 수로를 지나고 다시 동굴을 걷기를 여러 번 반복했다. 드디어 빛이 들어오는 좁은 틈을 발견했다.

'이곳으로 나가면 밖이라고 했지?'

그러나 평범한 사람은 여기를 빠져나갈 수 없을 것이었다. 바위들 사이로 난 좁은 틈은 사람이 지나갈 수 있는 폭이 되지를 못했다.

'자! 드디어 시험해 볼까?'

무열은 자신의 손에 내공을 모으기 시작했다.

위력이 뛰어나고 강맹한 것으로는 자신이 배운 무공 중에서는 강룡십팔장(降龍十八掌)이 최고였다.

내공을 끌어모아서 혈도를 따라서 돌리면서 최대한 회전력을 증폭시키고 있었다. 잠시 후 손바닥을 통해서 강력한 장력이 발출되었다.

슈우우웅!

쿵! 콰강!

무열의 앞쪽에 있던 바위들은 순식간에 터져 나가면서 뻥 뚫린 공간이 되어 버렸다.

스스스스스—

그리고 부서진 바위는 가루가 되어 불어온 상쾌한 강바람에 흩날리고 있었다.

'헉, 바위가 가루가 되었어! 이 정도라고는 상상을 못했는데…….'

귀가 닳도록 자신에게 무공을 조심해서 사용하라던 혜광 대사의 말을 조금은 이해할 수 있을 것 같았다.

'이걸로 사람 한 대 치면…… 으…… 생각만 해도 끔찍하군.'

그렇게 강이 바라다 보이는 좁은 바위틈으로 나왔다. 무려 이틀이 넘게 걸린 여정이었다. 물론 무열의 새로 얻은 신체의 강력함과 뛰어난 내공 때문에 쉽게 죽을 일은 없었을 것이다.

무열과 그들의 거래는 결과적으로 꽤나 성공적이었다. 그들이 내준 숙제를 열심히 암기하고, 무공이라는 것들을 얻었다. 모두 그들의 후예들에게 전수해 줘야 할 무공들이었다.

'그렇지만 이 고통은 꼭! 기억해 두겠어!'

노인네들이 그리 독할 줄이야. 물론 원래 어릴 적부터 갈고닦아서 만들어야 할 신체를 한순간에 만들어주는 무슨 개정대법이라는데 그 대가가 아무리 크다고 해도 고통은 상상을 초월했다.

거기에 하나씩 전수하는 무공들은 왜 그리 어려운지 손발이 꼬이고, 비틀리기 일쑤였다. 그때마다 가해지는 가르침을 가장한 구타(?)와 모욕은 정말 대한민국의 교육제도와 어린 시절 험하게 살아온 무열이 아니면 그 누구도 쉽게 견딜 수 없을 것이다.

그리고 그나마 후손들에게 전수해야 할 무공들만 엑기스로 뽑아서 가르쳤기에 빨리 끝난 것이지 아니면 평생을 그 어둡고 좁은 동굴에 있었어야 했을지도 모를 일이었다.

'그래도 이렇게 얻은 세상 밖의 하늘과 바람이 좋기는 좋구나.'

"아~ 자유다!"

이렇게 CF를 흉내 내서 소리를 질러도 아무도 없는 조용하기 만한 강가였다. 젖은 몸이 조금 싸늘하기는 하지만 기분은 상쾌했다. 우선은 집에 연락도 해주고, 대사관에도 연락하고, 여기저기 연락해야 할 곳도 많았다.

'그 안에서 도대체 얼마나 있었던 것이지?'

정확히 알 방법은 없지만 대략 두 달은 된 것 같았다. 우선 가까운 인가나 도로, 또는 관광지를 찾아서 돌아갈 방법을 찾아야 했다.

무열은 자신이 서 있는 강에서 뒤를 바라봤다. 높고 험준한 산이 보였다. 자신의 예상이 맞는다면 그 유적은 저 산의 반대편에 있음에 틀림없었다.

다행히도 낮이라 강 근처에 나온 인근 마을의 주민을 쉽게 찾을 수 있었다. 무열은 차를 얻어 타고 과거 숙박했던 곳으로 이동할 수 있었다.

"오빠! 걱정했잖아…… 흑흑흑! 어떻게 된 거야? 실종자 명단에도 올려두고 지난달에는 내가 직접 그쪽까지 가서 그렇게 여기저기 찾고 TV 뉴스에도 내보냈었다고."

"어디 갇혀 있었다니까. 유적지가 무너져 내려서 동굴에 갇혀 있다가 나온 거야. 괜찮으니까 걱정 마. 여기 일 끝나면 들어갈게."

"무슨 일? 빨리 돌아오지 무슨 일을 해?"

"비자도 처리해야 하고, 여기 여행도 하다 말았잖아. 조금 더 둘러보고 여행을 마저 해야지."

"여행은 무슨 여행!! 그냥 한국 들어와. 내가 갈까?"

"괜찮아. 오늘 대사관 가서 다 처리하고 다시 여행 잘~

하고 집에 건강히 돌아갈게."

"그럼 연락이라도 자주해. 알았지?"

가족이라고 하나밖에 없는 여동생은 여전히 걱정이 너무 많았다.

'엄마랑 꼭 닮았다니까. 훗. 생각해 보니 내가 이렇게 살아 돌아온 것도 엄마 덕일까? 하늘에서 지켜보고 계시죠? 언제나 그렇듯이 저 꿋꿋하게 잘살고 있어요.'

무열은 갑자기 유적 안에서도 나오지 않았던 눈물이 찔끔 나올 것 같아서 위를 슬쩍 올려다보면서 참았다. 이곳은 한국에 비해서 하늘이 참 파랗고 태양이 강렬했다.

대사관에 연락을 넣었고 집에도 연락은 해두었으니 다 처리된 셈이었다. 대충 유적지 아래쪽 동굴에서 고립되어 있었다가 나왔다고 둘러대고 어딘지 전혀 기억도 안 난다고 말했다.

먹을 물도 있었고, 배낭에 식량도 많이 가져간 상태라서 살았다고 말하니 조금 어설프지만 살아 돌아왔으니 크게 문제 삼지는 않았다. 그러고 보면 무열에게 다행인 것이 중국은 공무원 행정 분야에서는 아직도 대충 대충이거나 뇌물이 통하는 면이 많았다.

사실 무열이 그 유적에서 보낸 시간이 세 달이라니 굶어 죽지 않은 것이 다행이었다. 스스로 다시 생각해 봐도 실감이 안 나는 일이었다.

무열은 강력한 내공이 자신의 몸에 있다는 생각에 단전이라고 부르는 곳이 있다는 배 아래쪽을 쓰다듬으며 미소를 살며시 지었다.

'이 아랫배에 삼십 갑자가 넘는 내공이 있다고 했지.'

잘은 모르지만 1갑자가 60년이라고 했으니 도대체 얼마 만큼인지 감도 안 오는 수치였다. 그중 현재 실제 사용 가능한 양은 아주 많지는 않았다. 앞으로 서서히 더 무공을 공부하고 깨달음을 얻거나 더 익숙해지면 그만큼 많이 사용 가능할 것이라고 했다. 그들 다섯 명의 내공을 고스란히 무열의 안에 넣은 결과가 이것이었다.

그들의 무공들 중에는 깨달음을 필요로 하는 것들이 있고, 아직 덜 익숙한 것들도 있다 보니 현재는 전체 내공의 십분 지 일 정도를 사용할 수 있는 듯했다. 사실 그 양도 어마어마한 양일 수 있었다. 그러고 보니 몇 번이고 신중하게 당부를 하던 혜광 대사의 말이 생각났다.

"약속입니다. 절대 내공이나 무공을 함부로 타인 앞에서 그리고 나쁜 목적으로 사용하시면 안 됩니다. 이 또한 지켜지지 않을 시에는 단전이 파괴되는 고통과 함께 죽게 될 것입니다."

고통 속에 죽는다는 무서운 이야기를 아무렇지 않게 말하는 대사님이 과연 자비로 유명하다는 소림사 고승인지는 잘 모르겠지만, 하여튼 무열은 무공이든 내공이든 함부로 사용하지 않겠다고 단단히 약속을 했었다.

'그래도 마음대로는 아니지만 이 한 몸 편안하게 살아가는 데에는 도움이 되겠지.'

제약 때문에 무공이라는 것으로 자신만의 이기심을 위해서 특별한 일은 할 수 없겠지만 말이다.

'이제 거래 이행을 하긴 해야 하는데, 그들이 그토록 간절히 찾고 싶어 하는 후예들이 있는지는 모르지만 찾아보기는 해야 하겠지. 어디로 가야 찾을 수 있으려나?'

2011년의 세상에 아직 남아 있는 문파가 있을 리가 없었다. 그렇게 생각하던 무열에게 문득 스쳐 지나가는 생각이 있었다.

'아, 소림사!! 그렇군! 소림사는 아직 그대로 있었어!'

관광 코스로 잡아 놓고도 잊었다니 소림사는 아직 분명히 그 자리에 있었다. 그 소림사가 예전의 그곳인지는 잘 모르겠지만 말이다.

'약속은 약속이고, 거래는 거래니 가봐야겠지. 하하! 일이 생각보다 쉽게 풀리는데…….'

무엇보다 무열 자신이 죽지 않기 위해서 말이다. 혜광

대사의 말에 의하면 그때 무열이 당했던 개정대법의 고통
보다 수백 배의 고통과 함께 죽음에 이르는 것이라고 했
었다.

2.
아! 소림사!

중국 하남성 등봉시 숭산 소림사!!

무림의 태산북두였던 이곳 중화 영혼의 고향 같은 곳이라고 할 수 있었다.

"얍!!"

"아자!!"

"핫!!"

들려오는 기합 소리와 함께 여전히 예전의 성세를 자랑하면서 멋진 고적들은 그 웅장함을 뽐내고 있었다. 그리고 중앙 연무장에서 우렁찬 기합과 함께 땀을 흘리고 있는 어린아이들과 젊은이들의 모습이 보였다.

그리고 무열 또한 그들과 함께 땀을 뻘뻘 흘리며 동작

을 하고 있었다.

'제길, 내가 왜 여기에서 이런 체조를 하고 있어야 하냐고!!'

무열이 보기에는 소림사가 분명히 예전에는 무공으로 이름 드높은 곳이고 태산북두였을지 모르지만 현재는 겉보기(?)용 무공과 기예를 가르치는 학교였다.

소림사 72기예!

예전에는 72가지의 실전 살상무술이었을지 모르지만 지금은 누가 더 아름답게(?) 또는 정확하게 절도 있게 그것을 연기하고 펼쳐 보일 수 있냐가 주된 관심이었다.

"거기 제대로 안 하나!!!"

무열이 너무 힘들어서 조금 다리를 오므리려고 했더니 바로 불호령이 떨어졌다.

'으…… 내가 몸을 개조(?)했으니 망정이지.'

기마자세를 똑바로 하면서 다시 상념에 빠졌다. 내공을 쓰고 싶었지만 혹시 누군가 알지도 모르고, 이 상황이 위기 상황이 아닐지 모른다는 생각에 최선을 다해서 자신이 가진 체력만으로 동작을 하고 있었다.

어렵게 찾아온 소림사에서 무열은 방장을 만나고 싶었지만 진짜 방장은 찾을 수가 없었다. 현재 대외적으로 공개되어 쉽게 만날 수 있는 방장이라는 사람은 아무리 봐도 진짜로 보이지 않았다.

그리고 수소문해 보니 학교 뒤쪽 본산이라고 불리는 곳에 소림사의 진정한 실체가 숨어 있는 듯했다. 그곳은 특별한 일이 아니면 일반인에게 공개도 안 되는 장소였다.

뒷산 중 공개되는 곳은 케이블카로만 이동하게 되어 있는데 이조암과 초조암인가 하는 곳이 관광지로 낮 동안 공개가 될 뿐이었다. 그 외에 지역은 아예 출입 불가였다. 그리고 그나마 공개된 지역들은 모두 피 같은 자신의 돈을 관광지 입장료로 내고 들어가야 했다.

'평범한 절에 무슨 비밀이 있다고 그러지?'

하여튼 이곳의 현재 주인들이 예전 그 소림사의 후예들이라면 맞는 주인에게 무공과 부탁한 신물을 전수해 줄 의무가 무열에게는 있었다. 따라서 우선은 진정한 소림의 주인들이 맞는지 확인을 해야 하고, 동태를 살피고 정보를 수집해야 했다.

한밤에 와서 뒤쪽으로 가서 몰래 둘러보고 방장을 찾아보는 방법도 있겠지만 이곳 지리도 전혀 모르니 문제인 것이었다.

숭산이 무슨 동네 뒷산도 아니고 그 넓은 곳에서 어떻게 어디를 찾아야 하는지 알 수 없었다. 특히 그렇게 돌아다니다가 진짜배기(?) 무공 고수가 있어서 들키면 더 큰 문제일 것이었다.

물론 이제 무공을 할 줄 아는 사람은 이 세상에 자신밖에 없을지도 모르지만 알 수 없는 것이니 조심해야 한다고 생각했다.

하여튼 본인이 직접 확인은 해야 하고 정보도 알아내야 하는데, 때마침 일반인 대상으로 단기 무술학교가 열렸다니 그곳에 입학하는 것이 좋은 기회라고 생각되었다. 그래서 무열은 현재 이 모양 이 꼴로 동작을 하고 있었다.

예전에 비하면 이 정도는 힘들지는 않지만 몸을 이리저리 비틀고 찢는 것이 기분 좋은 일만은 아니었다. 더욱이 불편하고 촌스러운 도복을 입고서 말이다.

'아니!! 21세기에도 이런 도복이 아직 남아 있다는 말이야?!'

어디서 구했는지 알 수 없는 까칠한 광목천 같은 재질에 색상이 제대로 대박이었다. 주황색이라니 그것도 너무나 촌스러운 색상이었다.

처음 일반인 대상 무술학교 입학에 대한 글에서 소림에 입문하면 속가제자라고 해도 청렴한 생활을 해야 한다는 글과 함께 소박한 생활을 강조하던 문구들이 생각났다.

지급되는 도복만을 입어야 하고 음식도 채식만을 해야 한다는 충격적인 글을 읽고 한동안 여기 학교에 들어오는 것을 잠시 망설였던 무열이다.

'되도록 빠른 시간 내에 해결해야겠어. 더 이상 풀뿌리만 처먹으면서 이놈의 체조를 가장한 벌을 서다가는 내가 지쳐서 죽을지도 몰라. 이제 대충 길도 익히고 어디쯤인지 정보도 알고 있으니까 밤이 되면 뒤쪽으로 넘어가서 찾아봐야겠어.'

무열은 그동안 단체 기숙사에서 생활하면서 소림사의 사람들과 대화하고 최대한 정보를 수집했었다. 지난 일주일, 그는 기초 입문자를 위한 수련 학교에서 단체로 생활하면서 기본을 배웠었다. 기본이라고 해봐야 늘 체력 훈련과 기마자세 같은 것들이 전부였다.

'그 무당파 할아범이 알려준 제운종(梯雲縱)이라는 신법인가 뭔가를 쓰면 몇 미터짜리 담벼락도 훌쩍 넘을 수 있으니 어려운 일은 아닐 거야.'

사실 유적지 안은 좁아서 잘 못해봤지만 몇 미터 상공까지 뛰어오르거나 나는 것처럼 뛰어가는 것도 가능하다고 했다.

하긴 유적지 밖으로 나오자마자 강 위로 뛰어 보니 몇 미터 훌쩍 날아오르는 것은 일도 아니었다.

'세계 올림픽 단거리, 장거리, 멀리뛰기 모두 금메달이라도 따봐? 흐흐흐……'

그러나 상상만으로 끝내야지 그랬다가는 내공과 함께 단전이 파괴되면서 고통 속에서 죽는다고 했으니 참아야 했다.

더욱이 위기 상황이 아니면 자신을 위해서 사용하지 말라고 했었다. 대사가 걸어둔 금제는 무열의 양심에 조금이라도 거리낌이 있으면 자동으로 발동한다고 했으니 조심해야 했다.

'내가 너무 양심적인 사람이라서 탈이란 말이야. 그렇게 해도 양심에 거리낌이 없다면 문제가 없는데 말이지……'

무열의 상념을 깨는 수련 사범의 외침이 들려왔다.

"자—! 저녁 시간이다. 모두들 해산!"

"옙!!"

호루라기 소리와 함께 다들 해산을 하고 있었다. 무열도 흐느적거리는 다리를 힘겹게 옮겨서 구부정한 자세로 걸어가고 있었다.

'아이고, 정말 죽겠네. 이거 후예들 찾아서 전수해 주겠다고 하다가 내가 먼저 죽겠네.'

그냥 내공하고 무공 사용해서 해결 보는 편이 빠르지 않을까? 싶다가도 위기 상황이라는 단서가 붙었으니 아닌 것 같아서 께름칙하고 두려웠다.

'휴, 그래도 오늘은 드디어 뒷산의 동쪽 지역을 탐색하는 거야. 잘하면 오늘 밤 해결을 보겠지.'

무슨 놈의 산은 그리도 넓은지 적어도 며칠로 나눠서

찾아야만 할 듯했다. 그래서 요 며칠 겨우 얻은 정보가 틀리지 않기만을 바랄 뿐이었다.

'밤에 잠도 못 자고 월담해서 도적님 흉내를 내야 하다니 참으로 인생 팔자 더럽네. 배는 고프고, 여기저기 아프고, 현재 내 꼴이 딱 거지구나.'

그래도 때 되면 밥은 제대로 준다는 말에 감동하면서 자신의 보배 같은 쌈지 돈을 털어서 여기 무술학교에 입학했는데 그것마저도 일주일 내내 온통 풀지옥이었다. 물론 쌈지 돈은 나중에 소림사 후예들에게 무공과 신물을 돌려주고 톡톡히 받아내야 한다고 다짐하는 무열이었다.

'그럼! 내가 어떻게 모은 돈인데 감히!'

무열은 서둘러 연무장 동쪽의 큰 입구로 나갔다. 이미 멀리에는 줄을 서 있는 많은 학생들의 모습이 보였다.

이곳에 와서 다른 것은 몰라도 뭐든지 규모가 커서 놀라기는 했지만 식당도 규모가 장난이 아니었다. 낡고 허름하긴 했지만 한국의 고등학교 급식 식당이나 대학교 구내식당 중 규모가 큰 곳과 견줄 만한 크기였다.

무열은 입구 쪽의 식판을 들고 줄을 섰다. 배가 고프니 시장이 반찬이라는데 진짜 무엇을 준다고 해도 먹을 수 있을 것 같았다. 물론 그래도 용납할 수 없는 것들이 항상 세상에는 존재했다.

'윽, 오늘도 온통 푸성귀잖아! 으…… 피 같은 내~
돈!!'

요새는 웰빙이다 건강이다해서 다들 채식을 한다지만
무열은 고기를 열광적으로 좋아하는 열혈 육식주의자였
다. 소림사가 아무리 중들이 모여서 도 닦는 곳이라지만
매일 온통 푸성귀만 먹으라니 무열에게는 진정한 생지옥
이었다.

그래도 이거라도 많이 먹어야 본전은 뽑는다 싶어서 퍼
주시는 아주머니께 은근슬쩍 미소를 보내면서 윙크를 하
는 무열이었다. 역시 식판에 산처럼 밥이 쌓였다.

'역시! 나이스~!! 아주머니들이 보시는 눈들은 있으
셔!'

물론 자신의 외모가 원래도 한 미모(?) 하는 출중함을
자랑하기도 했지만 지난번 개정대법인가 뭐시기인가 이
후 더욱 출중해진 것은 두말할 필요도 없었다. 솔직히 청
산해야 할 일들을 다 하고 귀국하면 연예계 데뷔도 가능
할지 모른다는 혼자만의 망상을 하고 있는 무열이었다.

'으흥~ 나도 이제 한류 열풍의 주역 권사마되는 건가?
하하하!'

이런저런 몽상과 함께 식판 밥을 타서 둘러보니 온통
까까중에 어린 소년들만 왜 이리도 많은지 일반인은 많
가 않았다. 매번 아이들 틈에서 밥을 먹는 것도 불편해서

오늘은 일반인들을 찾아봤다. 그래서 수련할 때 같은 사범으로 배정된 낯익은 몇 명을 향해 씩~ 웃어 보이고는 그쪽 자리에 합류했다.

"여기 앉아도 되겠습니까?"

"그럼요. 앉으셔도 됩니다."

앞쪽에 있던 같은 또래로 보이는 청년이 상냥하게 웃으면서 대답을 해주기에 우선 자리에 앉았다. 웃어준 청년을 자세히 살펴보니 잘생긴 외모에 절제된 무도가 타입의 사람으로 격투기 사범이나 교관 같은 분위기를 풍겼다. 사실 일반인 대상의 무술학교라고 하지만 대다수가 격투기 쪽에 종사하는 사범들이거나 개인적으로 무술 유단자라 이곳에 온 사람들이었다.

"형씨는 무슨 무술을 익히셨나?"

"아…… 예, 고향이 한국이라 태권도를 익혔습니다."

그런데 뜬금없이 무열의 바로 옆에 있던 사람이 질문을 해왔다.

말을 시키는 사람이 누군가 싶어 옆을 보니 나란히 앉아 있게 된 사람은 우락부락한 체격에 얼굴도 험하게 생긴 30대 중반쯤으로 보이는 아저씨였다. 흔히 보기 힘든 거대한 손을 가진 사람으로 손 하나의 크기가 정말 작은 수박만 한 것이 인상적이었다.

무식한 외모답게 초면에 반말 비슷한 말투하며 무열의

마음에 들지는 않지만 문제 일으킬 필요는 없으니 공손하게 대답을 했다.

'윽, 역시 이런 질문이라니. 뭐, 어린 시절 태권도 학원을 한 달가량 다닌 것도 익혔다면 익힌 것이지.'

"오호~! 태권도라는 무술에 저도 관심이 많습니다. 몇 번 올림픽에 나온 것을 TV를 통해서 봤습니다. 강력한 발차기 위력이 멋진 무술이지요."

앞쪽의 잘생긴 청년은 역시 풍기는 분위기와 비슷하게 친절한 성격에 대단한 무술광임에 틀림이 없었다.

무열에게 엄지손가락을 치켜세우면서 웃고 있었다. 태권도라는 말에 흥미를 느꼈는지 친해지고 싶은 모양이었다.

그나저나 앞에 보이는 푸른 들판을 입에 넣는 것은 여전히 며칠이 되어도 고역이기는 마찬가지였다. 그래도 생각만 그렇지 우적우적 입에 처넣으면서 맛나게 쩝쩝거리면서 먹고 있는 무열이었다. 이놈의 식탐은 원래 어릴 적 가난하다 보니 못 먹고 자란 영향이 분명했다.

"제 이름은 이연걸입니다. 앞으로 잘 지내보죠."

"제 이름은 권무열, 그냥 무열이라고 불러주세요. 잘 부탁드립니다."

얼결에 포권으로 인사해 오는 바람에 무열도 당황해하면서 같이 포권으로 인사를 했다.

이렇게 통성명을 하는 동안에도 처음 질문을 한 모든 귀찮은 일의 원흉은, 무열이 째려보는지도 모르는지 옆자리에서 아무 말도 없이 식사에 열중하고 있었다.

'왜 괜히 질문은 해가지고 최대한 튀지 않게 조용히 있다가 일 끝내고 나갈 건데…….'

"저는 사천 쪽에서 작은 무관을 하고 있는 무술사범입니다. 소림사의 전통 무공을 견식 하러 이곳에 왔습니다. 여기는 어떻게 오셨나요?"

"흠흠…… 소림사 무공이 대단하다고 해서 여행을 온 김에 들러보았습니다."

"원래 무공에 관심이 많으신 분이시군요. 그렇잖아도 한눈에 알아봤습니다. 아까 기본자세를 하시는 폼이 예사롭지 않더군요."

"무슨 그런 말씀을, 그저 버티기에도 바빴을 뿐인지라…….."

무열은 말끝을 흐리고 바쁘게 식사하는 척을 했다. 적당한 핑계거리가 없어서 둘러댄 것인데 신나서 맞장구에 혼자 북치고 장고치고 다하는 이연걸이었다. 이연걸은 그 후로도 혼자서도 아랑곳하지 않고 태권도와 소림사 무술의 상관관계(?)에 대한 자신의 생각을 밥도 먹지 않고 열변을 토하고 있었다.

'으…… 역시 무공 오타쿠네. 덕후야, 덕후……. 더 무

슨 이야기 나오기 전에 식당을 떠야겠어. 이러다 자칫 내가 무공을 익힌 것이라도 알아봐······.'

정말 순수하게 무공에 대한 열의로 반짝이는 이연걸의 눈빛이 무척이나 부담스러웠다.

무열은 갑자기 속도를 높여서 식사를 하고 벌떡 일어섰다. 물론 식판에는 밥알 한 톨도 남지 않았지만 말이다.

사실 서둘러 가야 하는 이유에는 욕실도 한몫을 하고 있었다. 사람 숫자에 비해서 욕실은 왜 그리 작은지 예전에 중국인들은 씻는 것을 싫어한다더니 그 말이 사실인 듯했다. 다른 건물들의 규모에 비해서 욕실은 이상하게도 작았다.

더욱이 인원수에 비해서 너무 적은 수의 샤워기를 갖추고 있어서 조금만 늦어도 줄을 서서 욕실 사용 순번을 기다려야 했다. 그리고 결정적으로 늦게라도 사용하려고 하면 바닥에 온통 때가 껴 있고, 하수구의 수채 구멍도 검은 때로 막혀서 물이 안 내려갈 정도였다.

서둘러서 식당에서 나가 서쪽 산문 밖의 기숙사 건물에 들어섰다. 기숙사라고 해봐야 1층으로 된 흰색 벽에 단순한 건물로 낡아서 쓰러지기 직전이었다.

욕실도 한쪽의 건물에 공동으로 되어 있고 심지어 빨래도 기숙사 앞쪽의 빨랫줄에 그냥 널어야 했다.

'진정 최악의 숙박 조건이군. 정말 최대한 빨리 방장을 만나서 담판을 짓고 그놈의 무공과 신물을 넘겨주고 떠나야겠다. 물론 빚도 계산해서 받아야지.'

계산해 보면 푸른 들판 식단에 이런 최악의 숙소라면 어쩌면 정주 시내의 저렴한 호텔 숙박이 좋았을지도 모른다는 생각이 들어서 돈이 자꾸 아까웠다.

사실 무열이 무술학교에 입학한 이유는 정보를 알아보려는 의도도 있었지만 시내보다 저렴한 가격으로 숙식을 해결할 수 있으리라는 기대였었다.

욕실은 역시 아직 아무도 없었다. 들어가서 대충 재빨리 샤워를 하고 정해진 방으로 들어갔다. 기숙사 맨 끝 쪽의 방이었다. 방이라고 해봐야 침상 세 개와 작고 낡아 보이는 서랍장 몇 개가 전부인 곳이다. 창밖에는 이 지역 농가의 전형적인 풍경이 펼쳐져 있었다.

말이 소림무술학교이지 소림사 산문 옆에 대충 지어진 학교라고 해야 했다. 그나마 소림사 내부에 있는 외부인을 상대로 공연을 주로 하는 소림 무술관이나 체육관은 그럴 듯한 건물을 가지고 있었다.

사실 신성한 소림사에서 공연이라니 아마 유적지의 혜광 대사가 아셨다면 그 성격에 후예고 뭐고 혀를 깨물고 돌아가셨을지도 모르는 일이었다.

'오늘 밤은 우선 새벽 2시 이후에 나가서 본산 동쪽부

터 찾아봐야지.'

사실 소림사에 방장실은 분명히 있었다. 그러나 그곳은 관광 명소로 실제 방장이 거주하지도 않을뿐더러 며칠 전 방장이라는 사람을 보니 현재 관광용으로 내세우고 있는 인물은 실제 방장이 아닌 듯했다. 심지어 '방장과 함께 사진을~' 이라던가 '방장과 함께 녹차를~' 이라는 행사를 주관하고 있었다.

물론 신물을 가져다 알아보지 않아서 판독은 불가능했지만 무열이 보기에는 소림사 방장이라기에는 내공 한 줌도 그 어떤 카리스마도 없었다.

그리고 그러한 사람이 방장이라면, 어쩌면 소림사에는 모두 관광용으로 근무하는 사람들만 있고 진정한 후예들은 한 명도 없는 것이 아닌가라는 생각을 잠시 했었다.

무열은 그렇게 생각하고 처음에 쉽게 일이 풀린다고 좋아했지만, 그 후 며칠 여기저기 알아보니 본산 뒤쪽에 소림사의 진정한 실체가 있다는 괴이한 소문들이 있었다.

'하여튼 중국이 원래 그런 특징이 있는 나라이긴 하지만 여긴 정말 유난히 겉보기용이 많은 동네야.'

괴이한 소문을 수소문하다 보니 실제 뒤쪽 산으로 가끔 출입하는 소림사 내부나 외부에서 볼 수 없었던 스님 무리들을 발견할 수 있었다. 그래서 최대한 그들의 정보를 나름 은밀히 알아보는데 지난 일주일을 소비했다.

'쯔쯔. 무림의 태산북두라고 혜광 대사는 그리 말했건만 아무리 봐도 무림의 특급 구라북두 아닌가 모르겠네.'

무열이 이렇게 생각을 정리하면서 짐을 정리하고 있었는데 마침 오늘부터 같이 기숙하게 되는 룸메이트들이 등장했다.

며칠 동안 방을 혼자서 써서 좋았는데 다른 방들이 다 차면서 이쪽으로 이전해 오는 이들이 있다고 했다.

그런데 하필이면 배정된 사람들이 왠지 낯익은 사람들이었다. 방문을 열고 등장한 사람들은 바로 아까 식당에서 마주친 사람들이었다.

"오~ 이런, 같은 방에서 지내게 되었군요. 정말 인연인 듯합니다. 하하하하!"

"정말 사해가 동도라더니 이렇게 인연이 되는군요."

마음에도 없는 말을 입에 침도 안 바르고 하려니 참으로 힘든 무열이었다.

'내가 해놓고도 손발이 오글거리네. 무슨 놈의 무림인들의 언어는 이리도 복잡하다는 말이냐? 그냥 대충 인사하고 살면 되는 거지.'

이렇게 절망하고 있는 무열과 달리 인사를 건넨 이연걸은 감동한 듯 한껏 고무된 표정이었다.

"흠. 형씨들과 한 방이구려. 나도 통성명을 하지. 내 이름은 금강철이요. 섬서성에서 작은 무관을 하고 있소."

알고 싶지도 않았던 우락부락 큰손 아저씨까지 무열에게 인사를 건네오니 정말 무슨 옛날 무림 속의 동문이라도 된 기분이었다.

'최대한 관여하지 말고 지내야 편하겠지? 나야 일 처리되면 바로 떠날 사람이니.'

그렇게 속으로 생각하고는 그들의 이야기를 무심히 들어주고 있는 무열이었다.

밤이 깊어가도록 시끄럽던 이들이 모두 잠이 들고 조용해지자 무열이 슬며시 일어나서 움직이기 시작했다. 다행히도 그믐이 가까운 때라서 그런지 칠흑 같이 어둡고 조용한 밤이었다.

'설마 새벽 2시에도 깨어 있는 사람이 있지는 않겠지?'

같은 방의 이연걸과 금강철은 이제 곤히 잠에 빠진 듯했다. 늦게까지 수다를 떨더니 바로 조금 전에 잠에 든 것이다.

그리고 오늘 무열은 새로운 사실을 하나 더 알게 되었다. 요새는 여자들 세 명이 모이면 접시가 깨지는 것이 아니라 아저씨 세 명이 모이면 집이 무너질 수도 있다는 것이다. 낮의 수련이 힘들었을 법한데도 무슨 힘이 남아도는지 그들의 수다는 끝이 없었다.

드르렁— 드르렁—

그래도 이제는 지쳤는지 둘은 연이어 경쟁적으로 코를
펄럭이면서 요란스럽게 소리를 내고 있었다.

무열은 그들의 옆을 지나서 조용히 문을 열고 잽싸게
빠져나왔다.

생각해 보면 그들은 소림사 무공에 대한 나름의 기대와
부푼 꿈을 안고 온 것이었다. 그러나 실제 그들이 꿈꾸는
내공이나 하늘을 나는 신법을 배울 수 있을지는 장담할
수 없었다.

무열이 살펴본 바로는 나름 사범들이라고는 하지만 오
늘 수업을 진행한 사람들에게도 단 한 줌의 내공도 없었
다. 더욱이 만일 앞으로 조사한 결과 진정 뒷산에 숨겨
진 곳에도 소림의 후예로 확인되는 이가 단 한 명도 없
다면 무열은 무공을 전수해 줄 의무가 없었다. 그렇게
되면 이들은 실망만을 가득 안고 고향으로 돌아가야 할
것이었다.

왠지 측은함이 살짝 드는 것도 사실이었지만 무열이 가
야 할 길은 그들과 달랐고 그저 길에서 우연히 만난 사람
들과 마찬가지라는 생각에 마음을 접었다.

'본사 뒤쪽에 가면 금지인 곳으로 가는 높다란 담이 있
었지. 그쪽으로 가서 담을 넘어서 올라가야겠어.'

혹시라도 사람이 있을까 싶어서 고양이처럼 조심스럽게

움직이면서 소림사의 외벽을 따라 이동하고 있었다.

'헉! 놀랐네.'

갑자기 저 앞쪽에 수련생 복장의 한 일행들이 나타났다. 이곳 소림사 수련생들은 하나같이 주황색의 이상한 도복을 걸치고 있어서 멀리서도 한눈에 알아볼 수 있었다.

주황색이 꼭 공사판의 안내하시는 아저씨가 입는 옷 색상과 비슷해서 이 밤에도 알아보기에 좋기는 했다. 하긴 소림사에 미적 센스까지 기대를 하는 것은 바보 같은 짓일 것이다.

'이 시간에 어디를 가는 거지? 설마 놀러 나가는 양아치? 아니면 나처럼 월담을 하는??'

무열이 상관할 필요는 없겠지만, 빨리 시야에서 사라져 주면 좋겠다고 바라면서 근처의 탑 뒤에 숨어 있었다.

'뭐, 이런 때를 대비해서 검정색 야행복(夜行服)이라는 컨셉의 옷을 준비해서 가져 오기는 했지만, 흠흠. 이걸 입어서 그런지 나름 폼 나는데.'

그래도 나름 거금을 들여서 이런 것까지 준비한 것을 보면 자신도 나름 무림인 놀이를 즐기고 있는 것 같다는 생각이 잠시 들었다. 하지만 무열은 이내 아니라고 강력하게 부정하면서 도리질을 하고 있었다. 앞쪽에서 대화하는 소리가 들리자 무열은 잠시 잡생각을 뒤로하고 대화

내용에 집중을 했다.

"소교주님, 그래도 숨어서 가야 하는 것 아닐까요?"

"무례하구나! 네 생각에는 나를 이길 자가 여기 소림에 있다는 뜻이더냐?"

"헉! 아닙니다, 소교주님~!! 그럴 리가요. 다만 이번 암행은 소림에 숨어들어 혹시 숨어 있는 세력이 있는지 정보를 알아내라고 하셨는데 이렇게 당당히 활보해도 되는 것인지……."

"쯔쯔. 별 걱정을 다 하는구나! 그러니까 네가 여태 이렇게 말단에서 썩는 게다. 독염마조(毒焰魔爪) 임아영을 봐라! 너보다 어린 나이에 정보 조직 최고 수장이지 않냐?"

"네, 죄송합니다. 제가 시야가 좁은지라……."

'뭔 코미디래? 마교?! 헐…….'

무열이 유적지 동굴에 있을 때 듣기는 했었다. 마교니 사파니 예전 무림에 그런 무리들이 있었다고 말이다.

요새 이 장대한 빚 갚기 프로젝트를 위해서 나름의 예습과 복습을 한답시고 무협소설도 읽고 열심히 공부(?)를 했지만 실제 저런 자들이 있다는 사실에 놀라울 따름이었다.

"현재 이 세상에 무림은 마도 천하라는 말이다! 하하하!!"

"네!! 위대하신 소교주님!!"

연속해서 위대하신 소교주님을 복창하면서 굽실거리고 있는 염소수염의 아저씨는 몸집도 작아서 그런지 더욱 비굴해 보였다. 더욱이 소교주라고 칭송받는 녀석은 외모부터 사악함이 풍겨 나오는 녀석이었다.

입가를 비틀고 비웃는 폼부터 삐딱한 말투하며 영락없이 무협소설 속 마교의 종자이며 파락호 스타일이었다.

'마교나 사파는 원나라 때에도 겉으로 드러나지 않은 세력이라 탄압을 덜 받았다고 하더니 진짜인가 보네.'

유적지 안에서 오대문파의 수장들은 무열의 이야기를 듣고 정도문파인 그들과 달리 사마의 세력은 이 세상에 남아 있을 수도 있다고 했었다.

'신개 할배가 정보를 생명으로 삼는 개방 출신이라더니 이런 부분은 귀신같이 예측했군.'

사실 신개가 유난히 그 부분을 강조했었다. 밖에 나가서 자신들의 후예를 찾을 때 혹시 모르니 조심하라고 신신당부를 하면서 말이다.

'하여튼 이렇게 첫날 신장개업(?)부터 떡하니 마주치게 될 줄이야.'

거대한 탑 뒤에 숨어 있으니 들킬 염려도 없고, 딱 봐도 저들의 무공은 자신보다 한참 아래인 듯했다. 그래도 처음으로 자신 외에 무공을 할 줄 아는 사람들을 보니 무열도 나름 긴장이 되었다.

'나보다 단계가 아래인 사람들은 한눈에 파악이 될 것이라고 하더니 진짜네.'

무공을 배우고 나면 높은 단계에 있는 사람은 아래 단계의 사람을 한눈에 파악할 수 있다고 했었다.

"그런데 아무리 봐도 이 몸이 직접 이 촌스런 소림의 도복까지 입고 숨어들어 올 만한 곳이 아니지 않은가? 어디를 봐도 무림 고수는커녕 소림사의 무공의 무자도 쓸 줄 모르는 녀석들뿐인데, 아버지는 대체 여기 어디에 숨겨진 고수가 있을 수 있다고 걱정을 하시는지 모르겠군."

"아무래도 오래전 무림의 태산북두였던 곳 아닙니까? 혹시라도 잔존 세력이 있을까 싶어서 걱정을 하시는 것이 겠지요."

"태산북두? 훗. 그건 적어도 오백 년 전 이야기가 아니냐? 이제 더 이상 소림은 없고, 광대들만 살고 있는 곳이라는 건 지나가는 개도 다 아는 사실이야. 하여튼 아버님의 당부가 있었고 내 첫 임무이니 흉내는 내보도록 하지."

'윽. 나 말고도 여기 뒤져 보려는 사람이 더 있었네.'

그들은 그렇게 떠들면서 산문 안으로 들어가서 이동하

는 듯했다.

어쩌면 그들 때문에 앞으로 행동이 조금은 불편스럽겠지만 크게 문제가 될 것 같지는 않았다. 우선 오늘은 자신이 목표로 했던 뒷산의 동쪽을 향해서 움직이기로 했다.

한참을 가니 뒤쪽에 높은 담벼락이 보였다. 무열은 제운종을 사용해서 가볍게 넘어주었다.

'오~ 역시 최고의 신법이라고 무당파 할배가 입에 침이 튀겨가면서 말하던 것이 사실이네. 내 몸이 무슨 솜털 같잖아.'

사실 무열이 동굴에서 나와서 제대로 신법을 사용해 본 것은 지금이 처음이라서 긴장이 되었지만 생각보다 쉽게 잘할 수 있어서 다행이었다.

담을 넘으니 숲길이 이어졌다. 이곳부터가 출입 금지 구역으로 원래도 인적이 드문 곳이었다.

숲길을 따라서 조금 더 이동하자 달빛과 숲에서 이따금 들려오는 산새 울음 외에는 아무 소리도 들리지 않았다.

이미 산 중턱이고 뒤쪽으로는 밤에는 더욱 사람들이 나타날 우려가 없다고 생각되자 무열은 대담하게 신법을 사용해 쏘아져 나갔다.

'뭐, 괜찮겠지? 아무도 없을 것 같은데…….'

획—획—

지나가는 소리와 함께 주변의 풍경이 변했다. 오래도록 사용하지 않은 길인 것처럼 여기저기 무너진 돌들과 튀어 나오거나 쓰러진 나무들이 산재해 있는 산길이었다.

얼굴에 스치는 바람은 시원하고 어둡고 조용한 산길은 왠지 무열의 마음을 청량하게 만들었다.

'매일 이 신법으로 출퇴근하면 편하겠어. 아! 그러고 보니 진짜 직업을 도둑으로 하면 최강이겠네. 하지만 상 상만으로 끝나야 하다니 아쉽기 짝이 없네. 쩝.'

이런 생각을 하면서 계속 신법을 사용해서 날아다니는 기분을 만끽하고 싶었다. 하지만 바로 앞쪽에 문제의 대 나무 숲이 보였다. 이곳이 바로 오늘의 목적지였다.

겉으로 보기에는 그냥 대나무가 유독 울창한 숲이었다.

'여기에 뭐가 있는 것일까?'

사실 소문으로는 소림사 뒷산 금지에 살고 있는 스님들 이 있다는 것이었고, 그들은 아래쪽의 소림사에는 거의 출입도 하지 않는 듯했다. 또한 일부 상상하기 좋아하는 사람들 중에는 하늘을 날거나 무공을 하는 사람들이 있다 는 소문도 파다했다.

무열은 결심한 듯 천천히 대나무 숲으로 들어가기 시 작했다. 그리고 한참을 걸었지만 아무것도 보이지 않았 다. 그런데 어느 순간 아무리 걸어도 계속 대나무만 보이고 자신이 한 자리를 뱅뱅 돌고 있다는 느낌이 들었다.

'엉? 이거, 이거 설마 진법(陳法)인가?'

무당파의 할배가 분명히 지나가는 말로 진법 이야기를 했었지만 그다지 새겨듣지는 않았었다. 물론 전수받아야 할 리스트 품목도 아니었고 재미있어 보이지도 않아서였지만 이런 데서 막히게 될 줄이야.

'어떻게 하지? 확 이걸 다 부셔 버려? 그런데 그러면 그 소란에 들킬 텐데.'

마음 같아서는 강룡십팔장 한 방이면 이곳의 대나무를 다 쓸어버릴 수 있을 듯했다. 그리고 진법이라고 해봐야 그때 이야기들은 실재 같아 보인다는 환영이나 그런 것도 안 보이는 것으로 봐서는 아주 단순한 형태의 진이 분명했다.

무열은 대나무 숲 중앙에서 잠시 곰곰이 생각해 봤지만 뾰족한 방법이 있어 보이지 않았다.

'어찌할까? 그냥 최대한 높게 날아볼까?'

정말 단순한 진법이라면 차라리 아주 높게 뛰어오르면 진법의 영향을 받지 않을 듯했다. 그러면 시야 확보도 되고 빠져나갈 길도 보일 것이라는 생각이 들자 무열은 있는 내공을 다 끌어 모아서 제운종을 펼치기 시작했다.

'이거 꼭 발로 제트엔진 내뿜는 기분인데!'

무열은 대나무 숲을 내려다볼 수 있을 정도로 최대한 높이 올라갔다. 그리고 높은 곳에서 보니 바로 앞쪽에 작은 사찰이 보이는 것이었다. 공중에 떠 있는 상태에서 바로 앞쪽으로 신법을 펼쳐 나는 듯이 사찰을 향해서 이동했다. 그리고 담에 가장 가까운 사찰 건물의 지붕으로 살포시 내려앉았다. 내공 소모가 극심했다. 자신의 몸에서 썰물 빠지듯이 빠져나가는 내공이 느껴졌다.

'휴…… 조금만 거리가 더 멀었어도 힘들 뻔했어.'

아무리 최고의 신법을 사용한다고 해도 공중에서 장시간 날아다니는 일은 아직은 요원한 일이었다. 물론 삼십갑자의 내공을 다 사용할 수 있는 단계가 오면 가능할지도 모르지만 현재는 빠르게 이동을 하거나 높은 절벽을 오르거나 내려가는 정도의 능력인 듯했다.

'쳇, 무협드라마나 영화에 나오는 슝슝~ 날아다니는 장면은 다 뻥이었어. 몇 십 갑자가 그리 흔해? 그리고 보니 여긴 관광 지도에도 없던 건물인데 여기에 있네.'

관광 지도나 소개에 전혀 나오지 않은 건물로 작은 규모의 사찰이었다. 주변을 둘러보니 이곳의 사람들도 조용하게 다들 숙면을 취하는 듯했다.

월담 하는 신세에 문을 두드릴 수는 없으니 그나마 인기척이 느껴지는 사찰 중앙 건물의 지붕으로 이동을 했다.

중앙 건물로 이동하니 아래쪽에서 사람들의 이야기 소리가 들려오는 듯했다. 지붕 위에서 기왓장을 하나 들췄다.

'항상 무협소설 보면 이렇게 하더라. 후후후. 오~ 진짜 아래쪽이 보이잖아.'

아래쪽을 보니 밝은 거실 같은 곳이 보였다. 그곳에서 몇 명의 사람들이 이 늦은 시간에도 대화를 하고 있는 듯했다.

다들 스님인지 불빛에 반짝거리는 머리가 모두 세 명이었다. 무슨 대화를 하고 있는지 잘 안 들려서 천리지청술(千里地聽術)을 써서 집중해서 들어야 했다.

'역시 이 기술이 이럴 때는 요긴하군.'

사실 정파니 뭐니 주름잡는 분들은 그런 면에서 조금 부족했지만, 역시 주변머리가 발달한 신개가 기본적으로 알아둬야 할 것들이라면서 주섬주섬 챙겨준(?) 여러 가지 기술들이 있었는데 요긴하게 사용할 수 있는 것들이 꽤나 많았다.

그동안 정보를 수집하는 데에도 이 기술은 한몫 단단히 하고 있었다. 단점은 잘못 시전하면 귀를 먹을 정도로 시끄러운 소음들을 한 번에 들을 수도 있다는 점이다. 사실 무열도 처음에는 멋모르고 마구 시전 했다가 고생했었다.

"성수 사숙님, 삼합회를 이루고 있는 사파 연합에서는

아무래도 그냥 방관할 모양입니다."

"그래, 그들이 언제 제대로 목소리를 내서 마교를 이겨 볼 생각이나 했겠나. 그저 살아남으려고 폭력 조직으로 둔갑해서 정치 세력과 경제 세력에 빌붙어 있는 게지. 쯔 쯔."

"방장님, 시기가 얼마 안 남을지도 모릅니다. 그들이 준비한 지 오래된 만큼 정말 가까운 시일에 일이 벌어질 지도 모릅니다."

"무장아, 내 이미 모르는 바 아니다. 그러나 현재 무림 에는 마교와 사파 외에는 누가 또 있느냐? 아무도 막을 수 없는 것이 하늘의 순리라면 따라야 하는 것이 불제자 의 도리인 게야. 아미타불."

무장이라는 사내는 흥분한 모습으로 두 늙은 스님에게 무엇인가 중대한 이야기를 하고 있는 모양이었다. 모양새 를 보니 앞쪽 가운데 앉은 사람이 방장일 가능성이 높아 보였다.

방장이라 불린 사람은 인자한 할아버지의 인상으로 눈 부터가 웃고 있는 새우 눈에 주름이 자글자글했다. 그리 고 그 옆의 성수 대사라는 사람은 중국에 흔한 관우상과 비슷한 무서운 얼굴에 나이는 방장과 비슷한 연배로 보였 다.

'진짜 방장인지는 나중에 확인해 보면 알겠지. 그나저

나 마교에 대한 이야기는 유적지 안에서 만난 늙은이들에게 귀에 못이 박히도록 듣기는 했지만 정말 정파하고는 사이가 안 좋은가 보군.'

사실 아무리 주입식 교육으로 듣기도 했고, 무협소설을 통해서 공부를 했다지만 그들이 그렇게 사악하고 나쁜 무리들인지는 무열이 실제 경험한 것이 없어서 잘 알 수는 없었다.

물론 자신이 보기에도 아까 본 소교주라는 녀석을 보면 생긴 것으로만 봐도 나쁜 녀석 같기는 했다. 하지만 생긴 것만 가지고 사람의 사악함을 판단하는 것은 너무 불공평하지 않은가?

아래쪽의 대화는 계속해서 열변을 토하는 무장이라는 사람과 그에 해결책은 주지 못하고 맞장구만 치던 성수대사라고 하는 사람의 대화만 이어지다 끝이 났다.

그리고 그들이 밖으로 나가서 안쪽의 다른 사찰로 들어가는 것이 보였다. 그들이 시야에서 사라지자마자 재빨리 건물의 앞쪽으로 사뿐히 뛰어내려서 살며시 문을 열고 안으로 들어갔다.

'음, 그런데 이럴 때는 뭐라고 인사를 해야 하지? 밤손님도 아니고, 그렇다고 죽이러 온 것도 아닌데 뭐라고 말을 건네야 하는 걸까?'

"저기…… 저기요~ 스님 할아버지."

방장이라고 불리던 늙은 스님은 뒤쪽 방으로 가려다
말고 무열을 쳐다보고 그 자리에 굳어진 석상처럼 서서
놀란 얼굴이었다. 막상 불러 놓고 보니 조금 이상하긴 했
다.

　'야행복을 입고서 이렇게 부르면 이상해 보이려나? 에
라. 모르겠다.'

　"안녕하세요. 제 이름은 무열이라고 합니다. 혹시 소림
사의 방장님이 아니신지요? 제가 꼭 그분을 뵈어야 할 이
유가 있어서 말입니다."

　무열은 나름 격식을 갖춰본다고 포권을 하고 인사를 했
다. 그러나 잠시 정적이 흐르고, 놀란 것 같던 스님은 앞
으로 천천히 한 발자국씩 걸어오시면서 불안한 떨리는 목
소리로 말을 꺼냈다.

　"흠흠…… 아…… 빈도가 실례를 했습니다. 빈도는 성
영이라고 불리는 불제자입니다. 그런데 제가 방장이라는
것은 어떻게 아셨는지요? 물론 방문하신 시간이나 복장으
로 보건데 좋은 뜻으로 오신 것은 아니신 듯합니다. 혹시
마교나 사파 쪽에서 나오셨는지요?"

　이야기를 하는 내내 침착하기는 했지만 방장의 눈동자
는 떨리고 있었다.

　'아마 내가 나쁜 뜻을 가지고 들어온 사람으로 생각이
되었나 보군. 그런데 확인은 해봐야 알겠지만 약간의 내

공도 있는 듯하고 진짜 방장처럼 보이네.'

내공이 아주 미약해 보이기는 했지만 그래도 무열의 입장에서는 진짜 방장이라는 생각이 들자. 정말 앗~싸!!라고 환호를 지르고 싶었지만 꾹 참았다.

지붕 위에 있을 때는 멀어서 알 수 없을 정도로 미약한 내공이었지만 분명히 이 방장스님은 내공을 가지고 있어 보였다.

"걱정하지 마십시오. 저는 그저 좋은 뜻으로 몇 가지 전달할 물건과 소중한 것이 있어서 귀사를 찾은 사람입니다. 아마 이야기를 듣게 되시면 정말 기뻐하실 일입니다."

"기뻐할 일이라니요?"

무열은 빠르게 대강의 사정을 설명했다. 유적지에서 만난 혜광 대사와의 인연을 설명하고 무공과 신물을 전해주러 온 사람이라는 것을 설명했다. 그리고 확인을 위해서 내일 신물을 가져올 테니 그쪽에서도 준비를 해주기를 바란다고 전했다.

사실 이 소림사의 신물이라고 자신에게 맡겨진 것은 녹옥불장(綠玉佛杖)이라는 지팡이였다. 그리고 그 지팡이와 한 쌍으로 만들어진 녹옥불상(綠玉佛像)이 소림의 후예에게 전해져 있을 것이라고 했었다. 소림사의 후예라면 목숨을 걸고라도 지켜야 할 신물이기에 기나긴 탄압 속에서도 녹옥불상만은 지켜졌을 것이라고 믿었던 것이다.

혜광 대사의 말에 의하면 두 신물은 같은 옥에서 만들어진 물건으로 영기가 깃든 것이라 가까운 자리에 있게 되면 공명음을 내고 빛이 난다고 했다. 처음 이야기를 들었을 때에는 믿을 수 없었지만 그것이 유일한 장문인의 후예를 확인할 방법이라니 믿어줘야 했다.

물론 무열의 입장에서는 값이 꽤나 비싸 보이는 지팡이인데 그걸 공짜로 넘겨야 한다니 가슴이 아프지만 눈물을 머금고 넘겨주기로 했다.

'분명히 수천만 원은 할 건데…… 쩝.'

다시 지팡이 생각을 하자 괜히 입맛이 쓴 무열이었다. 물론 이야기를 전하자 방장스님은 너무나 기뻐했다. 더욱이 무열이 거기에 추가로 자신이 역근경을 익히고 있고 기록으로 넘겨줄 것이라고 하자 눈물까지 흘리면서 감동을 하고 있었다.

"태사숙조님이 이렇게 와주셔서 정말 소림사, 아니, 무림의 홍복입니다! 이제…… 이제야 희망의 빛이 보이는군요. 모두 부처님의 뜻이겠지요. 아미타불."

불호를 연신 외치면서 눈물을 흘리는 방장스님의 모습에 왠지 모르게 무열의 마음 한쪽이 찡하고 불편해 왔다. 자신은 그저 살기 위해서 선택한 일에 대한 대가를 지불하고 있을 뿐이었기 때문이다.

"태사숙조라뇨? 그냥 평범한 사람입니다. 편하게 불러 주십시오. 그리고 제 이름이 권무열이니, 그저 무열이라고 부르셔도 됩니다."

"어떻게 그럴 수가 있습니까? 혜광 대사님의 진전을 이으셨다면 사실 태!태!태사숙조로 불리셔도 무방합니다. 그럴 수는 없습니다. 소림의 율법이 엄격하거늘 감히 어떻게 태사숙조님에게 방자하게 입을 놀린단 말입니까? 그런 괘씸한 녀석이 있다면 제가 불호령을 내려 소림의 율법으로 처단하겠습니다."

'이 할아버지 흥분하셨네. 하여튼 내일 와서 확인하고 무공 적어주면 되는 건가? 그런데 뭔가 찜찜한데…….'

생각보다 간단하게 일처리가 될 것 같아서 우선은 기분이 좋았다. 하지만 이대로 넘겨주면 왠지 자신은 대단한 손해를 보는 느낌이 드는 것이었다. 무술학교 교육비와 기타 손해 본 비용, 그리고 지난 시간 동안 자신의 육체적 그리고 정신적인 개고생(?)을 보상해 줄 무엇이 필요하다에 생각이 미쳤다.

'뭐라고 해서 받아내야 하지? 원래 약속 자체가 무공하고 신물은 줘야 하는 것이고…….'

이런 생각으로 고뇌를 하고 있는 무열을 두고 마침 방장스님이 시기적절하게 여기까지 찾아온 방법을 물어보았다.

"그런데 여기는 어떻게 알고 오셨는지요? 찾기도 무척이나 힘이 들었을 텐데 말입니다. 그리고 이곳은 가장 쉽다고는 하나 구궁팔괘진(九宮八卦陳)을 기본으로 한 진법에 의해서 보호가 되고 있는 곳입니다."

"사실 이곳을 찾는 것보다 신물을 운반해 오는 것이 무척이나 힘든 일이었습니다. 이곳을 찾아 들어오는 것이야 미천하지만 가진 본신의 무공으로 어떻게든 해결을 할 수 있었습니다만, 본인 입으로 차마 직접 말하기는 뭐하지만 경제적으로 어려운 형편이라……."

무열은 일부러 잠시 말끝을 흐리고 쉬었다가 말을 이어갔다. 조금은 처량해 보이는 표정을 연출하면서 방장스님이 자신의 이야기에 동조해서 자신을 불쌍하게 봐주기를 기대하고 있었다.

"여기 소림사가 수도에서 좀 먼 곳인가요? 더욱이 신물을 어디 맡길 수도 없지 않습니까? 직접 들고 오다보니 신중에 또 신중을 기해야 해서 그 비용이 만만치가 않았습니다. 그리고 신분을 숨기기 위해서 무술학교에도 입학을 해야 해서……."

"아! 비용이 문제셨군요. 마땅히 본사에서 배상을 해드려야 하는 것입니다. 더 많은 보상을 해드려도 모자랄 일인데 당연히 해드려야겠지요."

'앗~싸! 얼마나 주려는 걸까? 받긴 받겠구나. 후후.'

무열은 자신의 연기력(?)이 조금은 먹힌 것 같다면서 받을 금액을 계산해 보면서 상상의 나래를 펴고 있었다.

그런데 말을 끝낸 방장스님의 표정은 왠지 순식간에 몇 십 년은 늙은 듯 어두워졌다. 그 작은 새우 눈으로 무열의 눈치를 슬슬 보면서 왠지 뒷간에 다녀왔지만 다 닦지 못 하고 나온 것 같은 표정을 보여주고 있었다. 왠지 안 좋은 예감이 무열을 엄습했다.

"그런데 태, 태사숙조님, 사, 사실 송구스럽기 그지없 지만 본사가 현재 사정이 여유치가 않아서……."

말을 더듬으면서 말끝까지 흐리는 방장스님의 얼굴을 보니 돈이 없어 보이기는 했다. 약간 상기된 뺨이 이 노인 이 이 순간 얼마나 창피한가를 말해주고 있었다.

하긴 주변을 둘러보아도 돈이 될 만한 것들은 전혀 보 이지 않기는 했다. 낡은 나무 침대 하나와 작은 불단이 꾸 며진 것이 전부인 이곳이 대소림사의 방장스님이 머무는 공간이었다.

아무리 청렴을 생활처럼 해오는 스님들이라지만 방장스 님이 머무는 곳이라기에는 너무나 초라했다.

'하긴 오죽하면 아래쪽 관광지용 소림사에서 모든 것을 돈으로 환산해서 벌고 있겠어? 하필 걸려도 이런 가난한 곳일 게 뭐야, 쩝.'

더 말하면 자신이 돈을 갈취하는 양아치와 다를 바가

없다고 생각이 들자 씁쓸해지는 무열이었다.

'에잇, 받을 방법은 나중에 연구해 봐야겠어. 난 정말 너무 양심적이라서 탈인 것 같아.'

그래도 끝내 포기는 하지 않는 무열이었다.

"아닙니다. 괜찮습니다. 그냥 힘들었던 것이 생각이 나서 말을 꺼냈을 뿐입니다. 방장님께서는 너무 괘념치 마시길 바랍니다."

"그런가요? 천만다행입니다. 그래도 본사의 큰 은인이신 태사숙조님께는 뭔가를 해드려야 하는데, 정말 송구스럽습니다."

자신보다 한참은 늙어 보이는 노인이 자꾸 송구스럽다면서 머리를 조아리자 무안해졌다. 아무리 자신이 돈을 소중히 여기는 사람이라지만 나름 장유유서를 아는 대한민국에서 자란 멀쩡한 청년인 것이다.

"이러실 필요 없습니다. 제가 무안해지네요. 괜찮습니다."

"아! 이런 자리도 권하지도 않았군요. 태사숙조님, 여기에 앉아서 이야기를 하시죠. 불초가 불민해서 죄송스럽습니다."

"아니에요. 방장님. 자꾸 이러시니 제가 몸 둘 바를 모르겠습니다."

돈을 안 받아도 괜찮다고 하자마자 대뜸 얼굴이 밝아진

방장스님은 무열에게 자리를 권하고 이야기꽃을 피웠다. 그리고 무열에게 당장 거처를 이쪽 안쪽 사찰로 옮겨주겠다는 제안을 했다.

그러나 무열은 거절하면서 그냥 하루인데 기숙사에 머물겠다고 했다. 물론 이왕 돈을 낸 것이니 끝까지 최대한 이용을 해야 한다는 마음가짐 때문이었다.

'음…… 남은 기간은 환불은 되려나? 그나저나 내공으로 보여 지는 것이 조금은 있는듯하니 녹옥불장과 역근경만 전해주고, 기본적인 무공을 전수를 해야 할 필요는 없겠지? 귀찮은 일이 하나 줄었군.'

원래 약속이 역근경을 적어서 돌려주는 것과 녹옥불장을 넘기는 것, 그리고 기본적인 무공을 배우지 않은 경우 자신이 배운 소림오권을 전수하라는 것이었다.

사실 무열은 역근경을 배우는 중간 과정이 없이 구결을 암기하고 내공을 얻은 것이 전부였다. 얻은 내공을 각 무공들에 사용하는 방법들은 배웠으나 내공을 모으는 방법은 알 수 없었다.

그리고 소림사의 경우 엄청난 위력을 발휘하는 쌈질(?)하는 방법을 별도로 배운 것은 별로 없었다.

그 후 두 사람은 한 시간쯤 이야기를 더 나누게 되었다. 무열은 계속해서 붙잡는 방장에게 피곤하다고 말하면서 내일을 약속하고 다시 기숙사로 돌아왔다.

물론 그 대나무 숲을 통과하는 길은 방장스님에게 배워서 제대로 알아두었다. 이제 얼마 안 남은 동이 트면 소림사 한 건이 해결된다는 생각에 그날 새벽 잠자리에 누운 무열은 벌써부터 기분이 개운했다.

3.
무모증(無毛症)

"무열 형님, 무열 형님!! 일어나시죠? 벌써 아침 수련 시간입니다."

'누가 내 옆에서 소리를 고래고래 지르는 거지? 아, 여기는 무술학교지. 쩝.'

이연걸이 옆에 와서 깨우려고 소리를 지르고 있는 모양이었다. 그런데 언제 친해졌다고 자신에게 형님이라는 소리를 하는 것인지 저런 무공 오타쿠 녀석을 동생으로 둔 기억은 무열에게는 없었는데 말이다.

"그만 일어나지. 무열 동생. 더 늦으면 동생 때문에 수련 시간에 지각이야."

'헉! 동생!!'

금강철이라는 사내는 어느새 자신의 형이 되어 있었다.

'팔자에도 없는 거대한 덩치의 우락부락한 아저씨 형도 생겼구나.'

어제 대화의 내용에는 없었지만 벌써 나름 의기투합이라고 생각했는지 나이 순서로 형과 동생이 정해진 모양이었다. 여자들의 수다만큼이나 남자들의 수다도 그런 효력이 있는 모양이었다.

'좋아. 이것도 오늘로 마지막이니 참아주고 웃어줘야지. 그렇잖아도 없는 가족 형과 동생 하나씩 생기면 좋지 뭐.'

"네. 일어도록 하지요. 그런데 언제부터 형, 동생이 된 것입니까?"

"아니, 섭섭한데요. 무열 형님. 그냥 옷깃만 스쳐도 인연이라는데 한 방에서 생사고락(生死苦樂)을 함께하게 되었으니 우리들의 인연은 더 깊은 것 아니겠습니까? 저는 무열 형님과 강철 형님이 진짜 형제가 되면 좋겠습니다."

"후. 나도 그러네. 무열 동생. 사실 나도 거의 고아나 다름없이 자랐는데 이렇게 의기투합하게 되는 좋은 동생들 만나서 기분이 좋다네. 여기 소림에서 우리가 무공을 배울 동안 험한 일들이 많을 텐데 서로 힘이 되어주면 좀 좋나?"

웃는 얼굴로 명랑하게 말하는 이연걸의 표정에는 정말

진심이 담겨져 있었다. 또한 금강철의 표정도 만만치 않게 진지했다.

'이 사내들이! 21세기야! 지금이 무슨 도원결의(桃園結義)하는 시대인 줄 알아?'

진짜 상상 속의 무림을 좋아하는 사람들임에 분명했다. 그들이 그렇게 어제 밤을 새가며 이야기하던 협과 의를 입에 달고 사는 무림인이 그렇게도 되고 싶은 것으로 보였다.

정작 무공을 익힌 사람은 자신이었지만 무열에게 무림은 왠지 멀고 타인의 동네 같은 곳으로 느껴질 뿐이었다.

'그런데 이들은 왜 저렇게 무림에 열광하는 것일까?'

하지만 자신의 마음 한구석 또한 진지하게 웃는 낯으로 형제의 의리를 말하는 사내들의 모습의 그리 싫지만은 않은 듯했다.

이른 아침부터 연무장이라는 이름의 운동장을 굴러다녀야 하다니 다시 고등학교로 돌아간 기분이 들었다. 새벽 6시 기상은 대한민국 자라나는 새싹의 기본인데 이곳 소림 무술학교의 학생도 기본은 같나 보다.

'어디를 가나 이놈의 교육이 말썽이야. 그나저나 밥은 먹이고 시키지. 소도 일 시킬 때는 밥부터 먹인다는데.'

무열은 툴툴거리면서 새벽부터 운동장을 뛰고 있었다. 어제에 이어서 여전히 일반인 수련생들은 기초 체력 단련을 받고 있었다.

"자자. 기본적인 준비운동이 끝났다면 오늘은 퇴법(腿法)을 배우겠습니다."

무술학교에 처음 입학하면 기초체력 단련과 함께 4종 퇴법, 5종 보법(步法) 등을 시작으로 배운다. 하체를 사용하는 방법부터 배우는 것이다.

'퇴법? 그래도 오늘은 뭔가 발차기 같은 것부터 배운다는 것이겠지?'

기초 체력보다는 덜 지겨울 것이라는 나름 부푼 기대를 하면서 사범을 바라보고 있었다. 그렇다고 배울 것이 있지는 않겠지만 최소한 지금같이 무식한 반복 운동으로 지치지는 않을 것이라는 기대였다. 주변을 둘러보니 다들 표정이 진지하고 살벌했다.

연무장 한쪽 구석에서는 규칙을 어긴 소림의 어린 학생들이 몽둥이 찜질을 당하기도 해서 군기가 잔뜩 들어간 모습들이다. 또 한쪽에서는 이미 상당히 배운지 오래되어 보이는 무술학교 정식 학생들이 상당히 멋진 몸 연기(?)를 하고 있었다.

'저게 내공 전혀 사용하지 않고 체조를 하거나 연기를 하는 것이지 무슨 무공이야?'

물론 내공을 잃어버린 소림의 현주소는 여기가 한계인지도 모른다. 그래도 오늘 자신이 역근경을 적어주고 나면 무엇인가 달라질 것이라고 생각하니 조금은 뿌듯하기도 했다.

그때 마침 연무장으로 몇 명의 스님들이 들어왔다. 제일 앞쪽에는 무열의 눈에도 낯익은 사람이 보였다..

'어제 슬쩍 본 무장이라는 녀석이네.'

이쪽으로 다가온 무장은 일반인들에게 설교를 하고 있던 사범에게 다가가서는 조용히 말을 했다. 그러자 갑자기 사범이 큰소리로 무열을 불렀다.

"권무열!! 수련생 무열!! 누군가?"

"네. 접니다!"

이름이 불리자 무열은 얼결에 손을 들고 대답을 했다. 그러자 사범은 앞으로 나오라고 손짓을 했다. 무열이 앞으로 나가자 무장은 다가와서 조용히 무열만 들을 수 있도록 따라오라고 말했다.

'오~ 수업이 면제인가? 뭐, 잘되었지. 가서 역근경 신나게 적어주고 난 이제 떠나면 되는구나. 앗~싸!!'

무열은 혼자 이런 생각을 하면서 신나서 무장의 뒤를 졸졸 따라갔다. 일행은 분명히 어제 갔던 사찰을 향해서 가는 듯했지만 우선 산문으로 나가서 서쪽으로 산을 돌아서 동쪽에 있는 사찰을 향해서 가고 있었다.

아마 누군가 미행이 붙을까 걱정하는 것 같았다. 무장이라는 사람은 평소에 무뚝뚝한 것인지 가는 내내 아무 말이 없었다. 조용한 가운데 일행은 한참을 걸어서야 어제의 그 사찰에 도착했다.

어제 그 중앙 건물에 가니 가장 가운데 의자에 방장스님이 앉아 있고, 양쪽 의자에는 처음 보는 여러 스님들과 함께 성수 대사가 앉아 있었다.

"아. 소형제 어서 오시게. 다들 마음이 급해서인지. 자네를 보고 싶다고 성화인지 뭔가. 그래서 조금 갑작스럽겠지만 이렇게 불러내었네."

"괜찮습니다. 다들 처음 뵙겠습니다. 무열이라고 합니다."

"오! 기상이 훌륭한 젊은이로세."

"아미타불!"

"기상만 훌륭한 것이 아니라 반안(潘安)도 울고 갈 외모도 지녔구려."

어제 밤의 열띤(?) 토론에서 약속한 대로 무열의 호칭은 태사숙조가 아닌 소형제로 합의를 봤다. 그러나 다들 무열의 얼굴에 금칠을 하는 발언들을 하면서 불호를 연신 외우고 있어서 무열의 얼굴은 그새 뜨거워졌다.

아마도 그만큼 역근경의 생환(?)이 이들에게는 큰 경사이리라. 원래 무열은 저녁쯤 일정 마치고 늦은 밤에 녹옥불장 가져와서 짝 맞춰보려고 했었다.

그러나 이렇게 빨리 이쪽에서 먼저 불러낼 줄은 몰랐다. 물론 자신도 하루라도 빨리 이 빚을 해결하고 다음 밀린 택배(?)를 시작해야 좋지만 말이다.

"하하! 너무 칭찬해 주셔서 몸 둘 바를 모르겠습니다. 우선 신물과 무공을 돌려드리고 나서 칭찬해 주셔야 마음이 덜 불편치 않을까 싶습니다. 그리고 원래 주인에게 돌려드리는 것인데 무슨 대단한 일을 했다고 이리 과한 칭찬을 해주시는지 모르겠습니다."

"젊은 친구가 이리 겸손하다니 무림의 홍복이로세."

'쳇, 다들 말로 하는 칭찬 말고 여기까지 운반해 준 택배비용이라도 제대로 쳐주면 좋겠네. 그리고 무술학교 입학한다고 들어간 돈도 돌려주고 말이야. 그나저나 무림인식 말하기도 입에 붙으니까 술~술~ 잘 나오네. 이제 웬만한 느끼한 말도 잘~한단 말이야.'

"사실 이곳에 모인 사람들이 현재 소림의 전부라네. 자네를 보고 싶다고 모두들 모였다네. 그리고 자네가 가져오기로 한 녹옥불장은 갑자기 온다고 못 챙겨왔겠지만 그와 짝을 이루는 녹옥불상이 여기 있다네."

방장스님은 품에서 작은 옥으로 된 불상을 하나 꺼냈다. 척 보기에도 비싸고 귀해 보이는 세공품으로 무열이 기숙사에 잘 숨겨둔 녹옥불장에 뒤지지 않는 세공 솜씨였다. 녹옥불장에는 살아 숨 쉬는 것 같은 용의 모습이 생생

하게 살아 있었다면 불상에는 부처의 자비한 미소가 살아 있는 것만 같았다.

'저것도 꽤나 고가품이겠구나. 쳇!'

무열은 입맛이 쓰지만 하여튼 녹옥불장을 가져다가 넘겨야만 한다.

"네, 제가 지금 빨리 가서 녹옥불장을 가져오도록 하지요. 그러면 확인이 쉽게 될 것 같습니다. 물론 불상은 진품이 틀림없어 보입니다."

"그런가? 그럼 녹옥불장을 가져와서 확인해 보면 되겠지?"

"네, 가져와서 맞춰보고 역근경도 빨리 적어드리겠습니다."

"오오오! 그래! 그렇게 해줄 수 있다면 정말 고맙겠네."

'그럴 줄 알았다. 역시 역근경이 최대의 목적이군. 급하시기는……..'

아무리 적은 인원이라고 하지만 소림사의 전부가 여기에 모인 것은 아마도 그것 때문이리라. 하긴 500년이 짧은 세월도 아니고, 천년이 넘는 역사를 가진 소림사가 그긴 세월이 이리 무력하고 아무 힘도 없었던 시절이 있었을까 싶다.

아직 실감도 못하는 무열이었지만 자신이 가진 무공이

아주 강력하다고 몇 번이고 주의를 당부하던 혜광 대사와 무당파 장문의 말이 떠올랐다. 그런 의미에서 그 강력했던 힘을 다시 찾을 밑천(?)이니 얼마나 반갑겠는가?

어제 대화에서 들으니 장경각이 다 불에 탄 후에 소림에는 더 이상 내공을 닦을 어떤 제대로 된 내공서도 없다고 한다. 물론 그 이야기를 들으면서도 이상했던 것은 방장스님의 몸속에는 분명히 내공이라는 것이 있어 보였던 점이었다. 전후 사정과 실정은 무열이 알 바 아니지만 말이다.

"그럼 기숙사로 내려갔다 오겠습니다. 그곳에 두었습니다."

"그런가? 빈도는 어디 먼 곳으로 가야 하는 것은 아닌지 내심 걱정했었네."

방장스님의 말이 끝나자마자 무열은 빠르게 다녀오기 위해서 제운종을 써서 뛰어올라 나는 듯이 밖을 향해 신법으로 달렸다.

'뭐, 어차피 이들에게는 내가 무공을 하는 것이 문제가 되지 않겠지. 그리고 빨리 가져와야 약속 이행도 하는 셈이니까.'

"저것이 진짜 신법이라는 것이군요!"

"날아가는 것 같습니다!"

"아미타불! 아미타불!!"

스님들은 무슨 구경이라도 났는지 무열이 사찰 밖으로 나올 때까지도 우르르 몰려 나와서는 신법을 써서 날아가는 모습에 다들 불호를 외치고 난리도 아니었다.

'큭, 팬클럽을 가진 연예인이 된 기분이네. 그런데 신법을 사용할 수 있는 사람이 한 명도 없나?'

무협소설에 보면 소림사도 신법이 있었던 것 같은데 이상했다. 무열은 소림사 신법을 따로 배운 것이 없어서 알 수 없었다.

'무당파만 신법이 있나? 뭐. 내 알 바 아니니까.'

잡생각을 떨쳐 버리기 위해서 더 속력을 냈다. 이제 잠시 후면 이 지저분한 기숙사와 채소 지옥을 탈출하게 되는 것이었다.

빠르게 산의 서쪽을 돌아서 입구 가까이에 도착하자 재빨리 걷기 시작했다. 아까 무장이라는 사람도 주의를 하던 것이 생각이 나서 갔던 길을 그대로 되돌아온 것이다.

녹옥불장은 귀한 물건이라 기숙사 들어가던 첫날 천장 대들보에 숨겨두었다. 기숙사에 이르자 재빨리 신법으로 대들보로 타고 올라가서 천에 감싸둔 녹옥불장을 가지고 내려왔다.

사실 다른 신물들은 북경에 있는 은행의 개인 금고에 맡겨둔 상황이다. 잃어버리면 안 되는 것들이고 모두 싸

들고 다니기는 힘든 것들이라서 어쩔 수 없었다. 그나마 운반이 쉬운 반지와 무슨 패는 항상 착용하고 다니고는 있지만 말이다.

녹옥불장을 꺼내서 들고 다시 산속의 사찰로 재빨리 돌아왔다. 그리고 천에 감싼 녹옥불장을 가지고 예의 중앙 건물 거실에 섰다. 그러자 다들 천에 감싸진 녹옥불장에 집중을 하고 있었다.

천을 풀자 은은한 초록색 빛과 함께 나타난 용의 머리부터 드러나는 불장의 자태에 다들 감탄한 표정으로 쳐다보고 있었다. 불장의 머리부터 시작해서 그 끝까지 용의 모양이 마치 살아 움직이는 것처럼 꿈틀거렸다.

그런데 아까 자신이 녹옥불장을 가지고 이 건물에 들어오는 순간부터 느껴졌지만 불장이 응—응—거리는 약한 소리와 함께 빛을 내면서 진동을 하고 있었다. 그 진동은 앞쪽에 탁자 위에 세워둔 불상과 교감을 하듯이 서로 같은 리듬으로 영롱한 초록빛을 발하고 있었다. 마치 영화 속의 CG처럼 신기한 장면이었다.

'멋지긴 한데, 역시 비싼 것 같아. 아깝군……'

"오호! 다시 보기 어려운 광경이로군요."

"말로만 들었던 녹옥불장이 저런 것이었군요. 아미타불!! 아미타불!!"

"이제 소림이 다시 우뚝 설 수 있을 것입니다. 아미타불!"

스님들은 다들 합장과 감탄을 하면서 불호를 외치고 있었다.

무열은 내심 아까운 마음에도 순순히 녹옥불장을 방장 스님에게 돌려주었다. 그리고 역근경을 기록할 지필묵을 가져다 달라고 부탁을 했다.

'에잇, 그놈의 금제만 아니라면, 그래도 이제 역근경만 적어주면 여기 일은 끝인가?'

번개같이 빠른 속도로 지필묵이 준비되었다. 명필은 아니지만 이래 보여도 어린 시절 어깨너머 공짜로 배운 서예 실력을 보여줄 때가 되었다고 생각하고 있었다.

지하실 방에 세를 들어 살던 어린 시절, 주인집이 운영하던 서예학원에 가서 심부름을 하거나 놀고는 했었다. 자상하셨던 주인집 아주머니는 하반신에 장애가 있으셨지만 정말 착하신 분이셨다.

놀 공간도 학원비도 낼 수 없던 무열에게 그렇게라도 공부의 기회와 놀이터를 주었던 것이다. 결국 무열이 한 자에 관심을 가지게 되고 중국어를 공부하게 되기까지 많은 영향을 주셨다.

'하긴 그 시절이 없었다면 지금 이곳에 와 있지도 않겠지.'

第一勢 韋 獻杵一勢 (위태헌저일세)
第二勢 韋 獻杵二勢 (위태헌저이세)
第三勢 韋 獻杵三勢 (위태헌저삼세)
第四勢 摘星換斗勢 (적성환두세)
......

다들 무열이 쓰는 글자 한 자 한 자를 따라서 눈을 움
직이고 있었다. 덕분에 긴장이 되기도 했지만 정말 지독
하게 암기를 시켰던 혜광 대사의 얼굴을 떠올리면서 술술
잘 써 나갔다.

'쓰고 보니 꽤 근사해 보이는데 이제 이것이 소림에 하
나밖에 없는 비급이 되는 것인가?'

장경각이 다 불타서 새로 짓고 과연 어떤 비급들이 현
재는 존재할지 궁금하기는 했다. 방장스님의 말씀처럼 제
대로 된 책은 없다지만 아마도 기억에 의지해서 그 당시
살아남은 사람들이 무엇인가 적어 넣고 나름 채웠으리라
짐작이 되었다.

"흠, 다 되었습니다."

"그런가? 이것이 그 역근경이라는 말인가?"

소림사의 고승들이라는 분들이 순간 열에 들뜬 소년 같
은 모습으로 무열이 쓰고 있던 책상 주변에 우르르 몰려
왔다. 그동안 멀찍이 떨어져서 궁금증을 참았던 자들까지

다들 몰려와서 구경하기에 정신이 없었다.

무열은 이제 이곳을 떠나서 북경에 가서 정리를 하고 다음 목적지를 찾아서 가면 되는 것이라고 생각을 하자 갑자기 마음 한구석이 조금 찝찝해졌다.

'그나저나 손해 본 돈은 받아낼 방법이 전혀 없는 걸까?'

"약속은 모두 이행되었습니다. 이제 제가 해야 할 일은 없는 듯합니다."

"설마 벌써 떠나려는가? 빈도가 섭섭하다네. 그래도 자네와 소림사와의 인연은 짧지 않은 것인데 며칠 더 머물렀다 가게나. 자네가 이제는 소림의 태사숙조가 아닌가?"

무열은 옆에서 다른 이들에게 들리지 않도록 조용히 속삭이듯 말하는 방장스님의 들뜬 어투에 살짝 마음이 쓰였다. 물론 무열이 돈도 한 푼 받지 않고 선물만 잔뜩 안겨 주고 떠날 것이라는 생각에 조금은 미안한 모습이 보이기도 했다.

'그래, 최소한 무공을 제대로 익히고 있는지 확인이라도 하는 것이 도리겠지? 후예들에게 제대로 전달해 달라고 하셨으니까. 그리고 돌려받을 건수도 함께 찾아봐야지.'

나름 자기 합리화를 하면서 궁리를 하고 있는 무열이었다.

"네, 그럼 며칠 머물면서 역근경 수련에 대해서 조금이라도 도움이 될 수 있다면 도움을 드리겠습니다."

"그래, 잘되었네. 그렇잖아도 여기 적힌 글을 보면서 빈도가 불민해서 그런지 모르겠지만 이해할 수 있는 것이 하나도 없어서 걱정이었네."

방장스님의 말이 끝나자 다들 당장 수련에 들어가야 한다면서 우선 방장스님과 현재 소림에서 가장 뛰어난 무공 실력을 갖췄다는 사람들을 포함해서 다섯 명 정도의 사람이 남게 되었다.

그리고 수련을 위해 함께 대화를 하기 시작했다. 그리고 문제의 발단은 여기서 부터였다. 무열은 다들 내공 수련을 하지 못했고, 전원 내공이 없다는 청천벽력 같은 이야기를 들었다.

"네?! 아니, 소림사에 계신 분들 중 현재 한 분도 내공이 없으시다니? 그동안 내공 수련은 어떻게 하신 것입니까?"

"허허, 내공 수련이라니……."

스님들은 모두 헛기침을 연신하면서 언짢고 곤란한 표정들이 되었다. 방장스님이 결심을 한 듯 굳은 얼굴로 무열에게 자초지종을 설명하기 시작했다.

"소림사의 제자 입장에서 쉽게 입에 올려 말하기 참으로 어려운 이야기이네만, 오백년 전 장경각이 불타고 소림사의 대다수의 스님들이 원, 청 제국의 군병들에 의해서 무참히 살해당했다네."

"그럼 현재 계신 분들은……?"

"그 후에 살아남아 있던 스님들은 오히려 무공이나 내공이 거의 없다시피 한 불목하니들이나 가장 어린 제자들이었네. 그 소수가 다시 모여서 이만큼의 소림사가 되기까지는 아주 긴 시일이 걸렸지. 소림의 역사에 가장 큰 고비였다네."

부끄럽고 침통한 듯이 지난 일을 말하는 방장스님의 안색은 좋지 못했다. 듣고 있던 다른 스님들도 마찬가지였다. 불목하니나 어린 제자들이 무슨 힘이 있었겠는가? 그리고 남겨진 무공서도 배울 스승도 없는 이들이 그동안 얼마나 힘겹게 소림사를 지켜왔는지 알 수 있었다.

그렇지만 무열이 보기에는 분명히 방장스님을 포함해서 이들에게서 내공의 흔적이 느껴졌다. 자신이 아직 내공이나 무공에 대한 조예가 깊지 못해서 착각이 들은 것인가 생각했다.

'태양혈이 튀어나오고 그런 것은 아니지만 어딘가 내공이 자연스럽게 흘러나오는 듯한 느낌이 든단 말이야. 뭔가 냄새가 나. 냄새가…… 어제 마교놈처럼 대놓고 내공을 밖으로 흘리는 놈이야 쉽게 알 수 있지만…….'

"어린 제가 이런 말씀드리는 것이 실례인지 모르겠지

만, 제가 보기에는 방장님과 여기 계신 분들은 내공을 가지고 계신 듯합니다. 알고 계시는지요?"

"아니…… 이, 이 불제자 몸에 내공이 있다는 말인가? 그 어떤 내공 수련도 할 기회가 없었거늘."

"잠시 제게 손목을 주실 수 있으신지요? 제가 확인을 해드리겠습니다."

놀라서 손목을 재빨리 내주는 방장스님의 표정은 떨리고 있었다. 신개가 알려준 점혈법(點穴法)과 혈도(穴道)에 대한 공부를 생각해 보면 혈도에 내공을 조금 흘려 넣어서 상대의 정확한 내공의 크기와 성질도 파악할 수 있다고 했었다.

당시 유적지 안에서 점혈이나 혈도에 대한 공부는 실험할 사람이 없었다. 그렇다고 귀신들을 대상으로 실험할 수도 없는 노릇이었기에 무열에게는 현재 지식뿐이었지만 그래도 신개의 주입식(?) 교육을 믿었다.

'물론 임상실험을 해볼 대상은 없었지만 해봐도 되겠지? 얼마만큼 넣어야 하는 거지? 이거 양 조절 잘못하면 상대방을 죽인다고 했는데…….'

무열은 겉으로는 티를 내지 않았지만, 불안해하면서 최대한 소량의 내공을 실낱같이 뽑아서 방장스님의 손목 혈도에 불어넣기 시작했다. 역시 안쪽의 단전 부근에서 작은 반발력과 함께 소량의 내공이 느껴졌다. 그런데 소림의 내공이라고 하기에는 조금은 다른 기운이라서 특이했다.

'오잉, 이 느낌은 무당파 할배를 흡수할 때 느꼈던 기운인데……'

"소형제, 조금 간지럽네…… 히히! 히힛!"

방장스님은 조금 난처한 상황이었다. 처음 느끼는 생경한 느낌과 간지러운 느낌이 자신의 손목을 따라 몸속 깊이까지 느껴지고 있었다. 결국 그 간지러움이 심해서 좀처럼 참지를 못하고 웃어 버린 것이다.

얼마나 간지러운지 모르겠지만 웃음소리와 함께 어깨까지 움칫거리고 있었다. 원래도 유난히 휘어지고 얇은 새우 눈을 더 좁고 가늘게 만들어서 히히거리자 이건 왠지 치매에 걸린 노인네의 모습이라는 생각이 문득 드는 무열이었다.

'큭, 이게 원래 간지러운가?'

주변의 다른 스님들도 방장스님의 그 모습에 당황은 했지만 웃음을 참지 못하는 듯 보였다. 무열이 손목에서 손을 떼자 방장스님의 기묘한 웃음소리는 그쳤다.

다른 스님들도 방장스님과 같은 처지가 될까 두려운 듯 무열에게서 은밀하지만 재빨리 멀찍이 떨어지고 있었다.

'내공이 있기는 하지만 너무 적네, 장풍 한 방도 제대로 못 쓰겠군. 쳇! 그리고 혈도는 왜 이리 막힌 데가 많은

거야. 무슨 미로가 따로 없잖아.'

그러나 그 정도 내공이면 무병장수하는 데에는 지장이 없어 보였다. 실제로도 방장스님은 나이는 분명히 꽤나 들어 보이지만 겉으로 봐도 건강하고 운신이 편해 보였다.

"험험, 이제 괜찮으실 겁니다. 방장님 체내에는 현재 내공이 있습니다. 그동안 수련해 온 것이 무엇이셨는지요?"

"진, 진정 빈도의 몸에 내공이 있다는 말인가! 이런 기적이! 아미타불! 현재 소림사의 모든 제자는 소림 72기예를 익히고 있다네. 안타깝게도 그것이 현재 소림에 남아 있는 전부라네. 그런데 어떻게 내공을 가지게 된 것인지……."

방장스님은 내공이 있다는 사실에 무척이나 기뻐하기는 했지만 잠시 후 바로 탄식하듯이 이야기하고 있었다. 무열은 그러한 모습을 바라보면서 순간 불현듯이 모든 것이 정리되면서 현재의 상황을 알 수 있었다.

지금 소림사에는 무공이라고는 72기예라는 외형만이 남은 외공으로만 있을 뿐이고, 내공이나 여러 가지 기본적인 무공 비급조차도 제대로 없다고 했다.

그렇다면 과연 방장스님의 몸속의 내공은 어디에서 왔는가?

짐작 가능한 일이었다. 다년간의 꾸준한 외공 수련 과

정에서 서서히 얻어진 자연의 기운을 담은 내공이라고 봐야 하겠다. 그래서 도가 내공인 무당파의 것과 닮아 있었던 것이다.

'아! 어쩌면 이것이 바로 무당파 도사 할배가 전에 그렇게 강조했던 만류귀종(萬流歸宗)에 해당하는 일이구나!'

그러자 모든 것이 이해가 되었다. 무열이 이러한 생각들을 정리하는 순간 갑자기 온몸이 열기에 휩싸이는 듯했다. 자신은 인지하지 못했지만 무열의 주변에는 거대한 회오리 같은 기파(氣波)가 생겨났다.

놀란 스님들은 어떻게 해야 하는지 당황해 하고 있었다. 한 스님은 무열에게 다가가려고 했으나 방장스님의 불호령 같은 소리에 멈춰 섰다.

"소형제를 건들지 말게! 이것이 바로 그 말로만 듣던 깨달음을 얻는 순간인가 보구려. 아미타불!"

"아미타불!"

다들 불호를 외우면서 무열의 주변을 둘러싸고 보초를 서기 시작했다. 자신들은 그러한 혜택을 받을 기회가 단한 번도 없었지만 이야기만은 숱하게 들었던 것이다.

깨달음을 얻는 순간이 오면 한 단계 더 나아갈 수 있다고 그때에는 내공이 비약적으로 증진되고, 더 높은 수준의 무공도 구사할 수 있다고 했다. 단, 그 순간에 방해받지 않는 운기행공(運氣行功)을 통해서 내공을 다스려야 한다고 했다.

한 시간 정도가 지나서 무열을 주변을 감싸던 이상한 기파는 가라앉았다. 회오리바람 같던 강한 기운이 사라지고 무열은 갑자기 자리에 털썩 쓰러졌다.

'유적지 안에서 그 수많은 설교를 듣고도 깨달음을 얻지 못했었는데 이런 것이었구나.'

재빨리 자신의 내공을 슬쩍 가늠해 보았다. 분명히 이전보다 사용할 수 있는 양이 늘어났지만 겨우 몇 십 년의 내공이 늘어났을 뿐이었다.

'엥? 뭐야? 겨우 이거 늘어났어? 쳇! 어느 세월에 깨달음을 모두 얻어서 삼십 갑자를 다 사용할 수 있는 거냐!'

잠시 생각을 해보니 그래도 몇 십 년을 바닥에 붙어 앉아서 좌선을 하고 수련을 해야 하는 것보다야 편리하다는 생각이 들었다.

무열은 아까 잠시 모든 생각을 멈추고 오로지 자신의 몸속의 내공을 다스리는 데에만 집중을 해야 했었다. 배운 방법대로 그저 내공을 몸속의 혈도를 따라 돌리고 또 돌리고 자신의 몸 전체와 기운을 조화시키는 일을 했었다.

스님들의 불호소리와 함께 축하하는 소리가 무열에게 쏟아졌다.

"축하드리오!"

"축하드립니다!"

"소형제, 축하하네. 자네 무공의 경지가 한층 더 발전을 한 모양이네."

아직 혼자만의 생각 속에서 어리둥절하던 무열은 축하 소리에 정신을 수습하고 일어서서 이야기를 꺼냈다. 어찌 되었든 방장스님의 몸 상태를 추리하다가 알게 된 사실이 자신을 깨달음으로 인도한 것이었다.

무열은 진지한 얼굴로 방장스님에게 포권으로 인사를 하면서 머리를 90도로 숙였다. 자신은 매사에 은원(?)은 확실히 구분하는 사람이었다.

"우선 감사드립니다. 모든 것이 소림사의 은덕입니다. 그리고 방장님께 큰 은혜를 입었습니다."

"아니, 그건 무슨 소린가?"

"아마도 방장님의 몸속의 내공은 수년간 꾸준히 외공이지만 소림사 72기예를 수련하시는 과정에서 자연스럽게 얻게 된 것이라고 보여집니다. 만류귀종이라고 하지 않습니까? 제가 그 사실을 깨달으면서 잠시 조금의 진전을 가지게 되었습니다."

"그렇게 된 일이군. 허허. 그렇게 된 일이었어. 그동안 열심히 나름 소림사의 뜻을 이어보고자 불민한 제자들이 애쓴 덕이구려. 만류귀종이라니…… 그것을 소형제를 통해서 듣게 되다니 역시 자네가 빈도보다 더 불심이 깊은 듯하네."

"아닙니다. 저는 단순히 운이 좋았을 뿐입니다."

"그렇게 너무 겸양하지 않아도 된다네. 운도 노력하는 사람에게 따라준다네. 상황이 이러하니 다시 생각해 봐도 자네가 역근경을 가져다준 것이 본사에 너무나 큰 복이 아닐 수 없네."

방장스님은 허탈한 웃음과 함께 혼잣말을 하듯이 말을 하다가다시금 역근경이 돌아온 사실에 더욱 진심으로 기뻐하고 있었다.

다른 스님들도 감동한 듯 눈물을 살짝 비치는 자들도 있었다. 지난날 자신들의 고난과 배움을 향한 노력이 모두 헛된 것은 아니었다는 생각이 들어서였다.

'그나저나 상황이 이러면 이들이 무공을 수련할 수 없을지도 모르겠어.'

상승 내공을 수련하기 위해서는 몸의 상태가 중요했다. 그런데 저들의 다 막힌 혈도는 모두 어떻게 뚫는다는 말인가?

그렇다고 소량의 내공이 있다고 해서 저들에게 소림오권에 내공을 실어 사용하는 방법만을 가르치는 것도 힘들어 보였다. 내공은 혈도를 따라 흘러줘야 하는데 흐를 길이 없지 않는가?

그러자 갑자기 무열은 머리가 아파오기 시작했다. 후예들이 무공을 익힐 수 없다면 익히도록 해줘야 한다는 약속의 일부가 생각이 났다.

'끙, 어떻게 하지? 개정대법이라는 방법은 대충 듣기만 했지 혼자서는 할 수도 없는 건데, 결국 어리고 뛰어난 오성을 가진 제자들을 데려오라고 해서 처음부터 무공을 가르치는 방법뿐인가?'

그런데 과연 어리고 오성이 뛰어나다고 해도 얼마나 빠른 시간에 무열 자신도 알지 못하는 내공을 얻는 방법을 역근경을 들려주는 것만으로 알아낼 수 있을까?

더욱이 혜광 대사 말에 의하면 역근경은 가장 어려운 내공심법이라서 그 오의를 깨치고 깨달음을 얻는 것이 힘들다고 했었다.

'그런 면에서 나이 든 사람이 유리할 수도 있겠는데 문제는 혈도가 대다수 막혀 있다는 점과 몸이 굳어서 문제란 말이지…….'

무열처럼 강제로 개정대법을 하고 내공을 주입받아서 수련을 한 특별한 경우가 아니라면, 실제 역근경을 수련해서 내공을 얻은 경우가 소림사 역대에서도 다섯 손가락 안에 꼽는다고 했었다.

그리고 결정적으로 자신은 내공을 자동으로 얻은 셈이라 수련하는 방법을 알지 못했다. 내공심법 자체를 외우기는 했지만 직접 수련을 하지는 않았었다.

꼭 격투 기술을 머릿속에 강제로 주입받고 몸도 특수한 과정으로 엄청나게 강해졌지만 그것을 배우고 얻는 과정은 하나도 없었던 것과 다를 바가 없었다.

물론 한편으로 약속에 대해서 다르게 분석해 보면 그저 역근경을 전해주고 소림오권의 외형만이라도 전해주면 되는 것이 아닌가 싶었다. 하지만 만약 무공을 제대로 할 수 있는 상태를 만들어주라는 것이라면 참으로 난감한 일이 아닐 수 없었다.

'까딱 해석을 조금 잘못하면 금제로 순식간에 고통 속에서 죽는 건가? 쩝. 그나저나 이대로라면 어쩌면 평생을 소림사에 뼈를 묻어야 할지도 모르잖아! 이래서 구두 약속이 무서운 거군. 해석하기 나름이라니까.'

약속을 서류로 남겨 두었어야 했다는 생각과 하다못해 세부 사항만이라도 정확하게 기록이라도 해두었어야 했다는 후회가 밀려왔다. 그러나 고민은 우선 나중에 하기로 하고 당장 당면한 일부터 해결을 하기로 했다.

"대사님, 죄송한 말이지만 이곳에 계신 분들은 수련을 하실 수는 있겠지만 아마도 역근경을 배워 내공을 얻는 과정에 오랜 시간이 필요할 것으로 보입니다. 대다수 혈도가 닫혀 있고 이미 탁한 기운으로 몸이 굳어진 상태라…… 차라리 어리고 오성이 뛰어난 어린 제자를 데려다가 함께 수련을 시작하시는 편이 더 가능성이 높으리라 생각합니다."

"오호, 일리가 있는 말이군. 그럼 빠른 시간 안으로 어린 제자들 중에서 선발해 보도록 하겠네."

우선은 역근경을 다 함께 익히는데 주력하면서 무열에게 소림오권의 형을 배우기로 했다. 소림사 입장에서 급한 일이라 그런지 당장 내일까지 어린 불제자들 중에서 몇 명을 데리고 온다고 했다.

'팔자에 없던 무술사범을 하게 되는 건가? 그런데 이것도 설마 공짜로? 음…… 덕분에는 아니지만 내공이 조금이라도 늘었으니 봐줄까? 에잇! 내가 계산 하나는 정확한 사람인데…….'

지금까지 무공을 어떻게 전수하는가에 대한 문제로 골몰하여 잠시 생각하지 못했던 돈 문제가 머릿속에 떠오르자 왠지 갈등이 일어나는 무열이었다.

"내일 아침에 사람을 보낼 터이니 이쪽으로 와주게. 이참에 숙소를 이쪽으로 바꿔줄 테니 이쪽으로 옮겨오면 어떻겠나?"

"외람된 말씀이오나 숙소보다는 음식을 조금 변경할 수 있었으면 좋겠습니다. 아무래도 이곳이 고향이 아니다 보니 음식이 너무 입에 맞지를 않아서…….'"

때마침 방장스님의 제안에 무열은 재빨리 머리를 회전

했다. 딱 봐도 이곳이 아래쪽의 관광지용 소림사보다 더 낡고 상태가 좋지 못해 보이는데 숙소를 이곳으로 옮겨올 이유가 없었다.

더욱이 학비로 기숙사 비용까지 모두 낸 상황에서야 당연한 것이었다. 다만 풀지옥 식단만은 이번 기회에 어떻게든 바꿔보리라 다짐을 하는 무열이었다.

물론 이 와중에도 사범 노릇을 하다보면 어떻게든 콩고물이라도 떨어지지 않을까 조심스레 다시 희망을 품어보는 무열이었다.

"그러고 보니 소형제에게는 상당히 불편한 일이었겠군. 대한민국이 고향이라고 했으니 특별히 빈도가 이야기해서 별도로 숙수(熟手)를 배치하도록 하겠네."

"감사드립니다. 혹시 숙수가 배치가 되면 제가 개인적으로 만나서 이야기를 해도 되겠는지요? 아무래도 고향 음식에 대한 개인적인 취향이 있는지라……."

"좋도록 하게. 그러면 내일 당장 어린 제자들을 선발해 둘 터이니 제자들을 가르치는 것은 이곳으로 와서 해주시면 좋겠네. 오는 시간은 무술학교 시작 시간과 맞춰서 진행하도록 하지. 그쪽에는 소형제가 별도로 수업을 받는다고 말해두겠네."

"네, 알겠습니다."

소림사 입장에서는 아무래도 무공을 수련하는 일을 철

저하게 비밀에 붙여야 했다. 아래쪽 관광지용 소림사에 마교인들까지 드나드는 마당이니 당연한 일이었다. 그런 생각에 심각한 방장스님과는 달리 우선 식단 문제가 해결이 된 듯해서 기분이 좋은 무열이었다.

'후후, 돼지갈비부터 시켜볼까?'

무열이 가장 좋아하는 숯불 돼지갈비를 상상하면서 기분이 좋아졌다. 그렇지만 한편으로 내일부터 진행될 역근경과 소림오권 전수 프로젝트는 심각한 고민거리였다.

'그나저나 내공을 어떻게 만들어주지?'

사찰을 나와서 기숙사로 돌아가는 내내 머릿속에서 모든 가진 정보를 조합해 보고 있는 무열이었다. 물론 자신이 유적지 동굴에서 받은 다양한 교육(?)을 생각해서 제자들의 수련 계획표도 즐거운 마음으로 세우고 있었다.

그러나 무공 수업에 대한 생각도 잠시, 향긋한 돼지갈비 생각에 기분이 유난히 좋아진 무열은 어느새 콧노래를 부르면서 기숙사로 향하고 있었다.

'그나저나 기숙사 연결이랑 강철 형에게는 뭐라고 하지? 방장님은 특별 수업을 별도로 받는다고 하라고 하긴 했지만 그 말하면 난리 날 텐데…… 쩝.'

무공에 대한 오타쿠 기질과 무림에 대한 빠돌이(?) 성향이 강한 두 명에게 다른 곳에서 특별 수업을 받는다고 말하면 어떤 태도로 나올지 안 봐도 훤했다.

'그래도 별수 있나? 그냥 그렇게 말해야지. 그런데 숙수는 언제나 오려나~ 후후후. 돼지갈비 다음에는 묵은지찜을 생각해 볼까? 고기는 역시 흑돼지가 최고인데⋯⋯ 꿀꺽.'

음식에 대한 생각으로 모든 걱정이 잠시 사라진 무열이었다.

그렇게 아무 생각 없이 기숙사 방 안으로 들어서자마자 속사포 같은 질문들이 날아들었다.

"무열 형! 도대체 어디에 가셨던 거세요? 아까 높은 스님께 불려 가시던데 뭔가 특별한 일이 있으셨나요? 설마 형이 특별생인가요?"

"무열 동생! 자네 우리들에게 뭔가 숨기는 것이 있었지? 말을 해보게."

두 남자가 악다구니처럼 무열을 감싸고 질문들을 하고 있었다. 하기는 오전에 무장을 따라 나가서는 것을 공개적으로 봤으니 궁금해 할 만도 했다. 무열이 연무장을 떠난 뒤에 여러 가지 설들이 나돌았다.

무열이 '재능이 뛰어나서 특별 수업을 하는 특별생이다.', '아니다, 소림사의 높으신 분들과 아는 집안이다.'. '한국에서 특별 초청된 인사이다' 등등 여러 가지 소문이 파다했던 모양이다.

'다들 파파라치 재능이 있나? 남의 이야기에 왜 이리 관심이 많아?'

그러나 자신의 앞에 있는 두 무공광들에게는 이러한 관심이 당연한 일인지도 모른다.

"자자. 다들 진정하세요. 그냥 수업료를 조금 더 지불하고 별도로 수업을 받을 수 있게 된 것이 일의 전말입니다."

"네? 수업료를 더 내고요? 그게 얼마나 되는 금액인가요?"

"금액이 큰가?"

'얼랠래, 이것들 보게? 수업료를 더 내고라도 특별 수업을 들을 기세로세.'

유난히 빛을 내고 있는 연걸의 눈동자와 짙은 눈썹을 잔뜩 찡그리고 심각한 표정으로 물어보는 강철의 얼굴에 무열은 조금 당황했다.

"그게…… 돈만 더 낸다고 되는 것은 아니고, 원래 소림사 방장님하고 개인적인 친분이 있어서 되는 것이라……."

께름칙한 기분에 말끝을 흐리는 무열이었다.

'뭐, 개인적인 친분이 있는 것도 맞고, 특별 수업을 받는다고 말하라고 시킨 것은 방장님이니까 그리 틀린 말도 아니지.'

그러한 무열의 대답에 대뜸 얼굴색이 까맣게 어두워지는 연걸과 강철이었다. 실망한 기색이 역력한 이들을 보니 왠지 조금은 미안해지는 무열이었다.

"그럼, 형은 방장님과 친분이 있으면서도 우리에게 말도 안 했던 것이군요."

"그게 뭐 대단한 것이라고 물어보지도 않는데 미리 말을 해야 하겠어."

"무열 형! 우리는 진정한 의형제라 생각했는데 그런 중요한 일을 말도 안 해주시다니……."

"별일 아니잖아. 이제 좀 쉬면 안 되겠어? 특별 수업을 받았더니 온몸이 다 아프다니까. 대신 다음번에는 그곳에 숙수도 별도로 있다고 하니 괜찮은 음식을 한 번 싸오도록 하지."

왠지 어린아이처럼 씩씩대면서 말하는 연걸은 상처받았는지 확 돌아서서 자신의 침상으로 가 버렸다. 그나마 강철은 어른답게 조용히 아까부터 낯빛을 바꾼 상태로 앉아 있었다.

아이들도 아니고 음식 이야기로 달래질 것은 아니었지만 이렇게라도 말을 해놓은 것이 무열의 마음이 편할 듯했다.

무열은 씻기 위해서 물품을 챙겨서 공동욕실로 향했다. 욕실을 다녀와서도 방의 분위기는 참담했다. 싸늘한 분위기가 무열의 숨통을 조여왔다.

'다들 정말 단단히 삐쳤나 본데, 쳇! 방장님과 친분이 있었다는 사실에 삐친 것이 아니라 특별 수업 때문에 삐친 거야. 애기들 같기는…… 쯔쯔쯔.'

그래도 나름 속으로는 내일부터 자신이 가르치는 제자들이 제대로 배우고 나면 그 후에는 어차피 그들이 소림사의 전체 제자들을 가르칠 텐데, 그전에 미리 이들만이라도 불러다가 함께 수련을 시켜볼까 하는 생각도 잠시 했었다.

'에잇, 무슨 콩고물이 떨어진다고 그 짓을 하나. 그냥 놔두자. 당장 내일 가르치게 될 녀석들에게도 내공 수업도 못 시켜주는데…… 그나저나 정말 걱정이네.'

나름 양심적인 무열은 수업 걱정에 뜬눈으로 고민을 하면서 잠을 거의 이루지 못하고 있었다.

'내공을 배우는 과정 없이 얻는 방법이라는 것이 없을까? 하늘에서 내공이 떨어져 내린다면 모를까…… 쩝.'

그러다 순간 벌떡 일어나는 무열이었다. 자신이 읽었던 수많은 학습용 무협소설 속에 항상 등장하는 그것이 있었다. 그리고 유적지 동굴 안에서도 들었던 그것!

'대환단! 그래, 여기가 소림사였지. 무슨 영단 같은 거 많다던데 그중에도 대환단이 으뜸이랬어. 내공을 한 번에 팍팍 늘려준다던데. 그거 있으면 되겠네. 그런데 그런 좋은 것이 있었다면 다들 왜 안 쓰고 있었을까? 없나? 너무 아껴 먹은 거 아냐? 음…… 내일 가면 물어봐야겠다.'

나름 좋은 생각을 해냈다면서 스스로를 칭찬하는 무열이었다. 사실 대환단만 있으면 만사형통이었다. 근골 좋고 오성 뛰어난 제자들에게 역근경을 알려주고, 내공은 대환단으로 만들어주면 되는 일이 아닌가?

물론 그전에 혈도를 뚫어서 내공이 잘 돌아갈 수 있도록 길을 낼 방법도 찾아야 하겠지만 그래도 내공 자체를 쌓는 과정은 조금 수월할 수 있을 것이다.

이렇게 정리되니 마음이 한결 개운했다. 다만 아무리 생각해도 현재의 소림사에 대환단이 존재할 확률이 매우 낮았기에 살짝 걱정이 되었을 뿐이다.

다들 잠이 들었는지 조용해진 실내였다.

무열 또한 이제 잠이 슬쩍 들려고 하고 있었다. 그런데 누군가 이들의 방 앞에 왔는지 발소리가 가까이 들렸다.

'웬 발소리지?'

"여기입니다. 소교주님."

"그래? 여기가 아침에 별도로 불려갔다는 녀석이 있다는 곳인가? 그놈이 받는 특별 수업을 알아봐야겠지? 그리고 그놈의 실력과 정체를 캐봐야겠어."

"그런데 소교주님, 이렇게 한밤중에 여기 와서 들이닥

치는 방법보다는 조용히 염탐을 해야 하는 것 아닐까요?"

"쯔쯔…… 소심하기는! 제대로 무공 아는 놈들도 없는데 무슨 염탐을 해! 내가 몇 번을 말해야 알겠나? 그냥 들어가서 쥐어 패면 답이 나오겠지."

누워 있던 무열은 어이가 없었다. 자신을 찾아온 이유도 그랬지만 무작정 여기 와서 행패를 부릴 작정이라는 사실이 더욱 그랬다.

'어떻게 하지? 힘을 써서 저놈들을 조용히 시켜야 하나? 그런데 그놈의 마교에 이야기가 들어가면 어쩌지?'

그렇다고 무작정 때린다는데 맞을 수도 없는 노릇이었다.

'에잇!'

그들이 문을 열고 들어오자마자 무열은 재빠르게 열려 있던 반대편 창밖으로 소리도 없이 나갔다. 그들에게는 최상의 신법을 쓰는 무열이 보이지도 않았을 것이다.

염소수염 영감은 재빨리 벽에 있는 스위치를 올려서 불을 켜고 소교주 옆에 기립을 했다. 방의 침상에는 두 명이 잠들어 있을 뿐이었다.

"엥? 왜 두 녀석뿐이지? 이 녀석들이 아니잖아. 그놈은 기생오라비처럼 생겼던데."

"소교주님. 저…… 혹시 뒷간에 간 것이 아닐까요?"

딱!!

소교주는 염소수염 영감의 이마를 강한 소리가 나도록 때렸다.

"쯔쯔…… 네가 그러니까 출세를 못하는 게야. 놈이 미리 이 몸이 행차할 줄 알고 도망친 것이 아니겠느냐?"

"아~ 네. 네네. 그렇습죠~ 위대하신 소교주님이 무서워서 줄행랑을 쳤나 봅니다."

소교주의 억지 같은 말에도 연신 고개를 조아리는 염소수염 영감이 왠지 불쌍해지는 무열이었다. 무열은 멀리 가지 않고 안을 살피면서 창밖의 벽에 붙어 있었다.

"이놈들을 깨워라! 그 녀석에 대해서 아는 것이 있는지 물어보자."

"네! 소교주님!"

염소수염 영감은 침상으로 다가가서 큰소리로 그들을 깨우기 시작했다. 그래도 잘 일어나지 않자 그들에게 내공을 실어서 발길질을 해서 침상 밑으로 떨어트렸다.

"악!"

"크—헉!"

통증에 정신을 차린 연걸과 강철은 바닥에서 일어나면서 동시에 그들에게 외쳤다.

"누구세요?"

"당신들은 누구시오? 왜 이러는 것이오?"

나름 각자 자신 있는 무술의 자세를 취하고 대비를 하

고 있지만 무공이라고는 외공만 있는 이들이 과연 내공을
다루는 마교놈들을 제대로 상대할 수 있을지는 걱정이 되
는 무열이었다.

"이것들 봐라! 감히 누구 안전이라고!"

"다들 무릎을 꿇어라! 오체투지(五體投地)를 해도 모자
를 판에!"

소리를 질러대면서 염소수염 영감은 손을 뻗어 연걸과
강철의 무릎을 향해 내공이 실린 일장을 날렸다. 둘의 무
릎이 꺾이고 자동으로 무릎을 꿇고 앉는 신세가 되었다.

그 바람에 연걸은 한쪽 다리뼈가 부러진 듯 움직이지를
못했다. 겁이 날만한 상황임에도 뚝심이 있는 강철은 다
시 일어나면서 계속 질문을 하고 있었다.

밖에서 보고 있던 무열은 순간 뛰어 들어 가고 싶은 충
동을 느꼈으나 잠시 참았다.

'바보형! 일어나지 마란 말이야! 그런데 저것들이 마교
라고 하더니 손속이 잔혹한데……'

"당신은 누구신데 이러시오?"

"너희들은 물어볼 자격이 없다. 몇 가지 대답만 해주면
내 관용을 베풀어서 죽이지는 않을 터이니 대답이나 제대
로 하도록. 그 대신 거짓을 말하면 바로 즉시 참살(慘殺)
이니라!"

"위대하신 소교주님께서 관대하게 살려주신다고 하니

대답을 잘하도록 해라!"

"오전에 불려 나간 이 방에 같이 기숙하는 녀석의 정체
는 뭐냐? 그리고 그놈의 실력과 받는 수업에 대해서 아는
대로 모조리 말해라!"

"······."

"······."

연결과 강철은 서로 바라보면서 무슨 눈빛 교환을 하는
듯했다. 그리고 그들은 아무 대답도 하지 않았다. 그러자
염소수염 영감은 앞으로 다가가서 그들의 뺨을 번갈아 후
려쳤다.

짝!

짝!

그래도 대답이 없자 계속해서 그들의 뺨이 퉁퉁 부풀어
오르도록 때리고 있었다. 수십 대를 때렸지만 그것만으로
는 부족했는지 다시 내공을 써서 연결과 강철의 가슴팍에
발길질을 해댔다.

그러자 둘은 바닥으로 쓰러졌다. 그리고 어느새 부어오
른 둘의 입에서는 핏물이 새어 나와 흐르고 있었다. 하지
만 그 누구도 신음 소리조차 내지 않았다.

무열은 화가 나서 주먹을 꽉 쥐고 부들부들 떨고 있었
다. 그렇다고 들어가서 싸우자니 자신의 실력과 정체를
모두 드러내야 할 것이다.

아까는 그렇게 자신에게 화를 내더니 저들은 어제의 그 같잖은 도원결의(?)를 잊지 않고 진정 자신의 친형제라도 되는 것처럼 굴고 있었다.

'그냥 말해! 아는 것들도 없으면서 왜들 처 맞고 있어! 이 바보들이! 머저리들!'

"대답을 해라!"

"흥! 저놈들이 살고 싶지 않은 모양이구나. 놈을 감싸는 건가?"

"아닙니다. 소교주님, 아마 아는 것이 없어서 그렇지 않을까 사려 되옵니다."

"에잇, 말도 안 듣는데 그냥 죽여 버리는 것이 어떻겠느냐?"

"소교주님, 우선 죽여서 문제는 될 것이 없으나 조용히 암행하라던 교주님께서 아시는 날에는……."

소교주의 성격을 잘 아는 염소수염 영감은 조금은 걱정이 되었다. 아무리 세상이 마도천하라고 하지만 그렇다고 이곳에서 무조건 사람을 죽이면 문제가 될 것이다. 우선은 말려야 했다.

이미 갖은 말썽으로 교주님의 눈 밖에 나 있는 소교주였다. 그나마 교주님의 말이라면 아무 저항 없이 따르기에 다행이었다.

"하긴 그것도 그렇구나. 그래도 이놈들에게 오늘 일을

절대 입 밖에 내지 말라고 교훈을 조금 줘야겠구나. 흐흐흐."

"교주님, 이미 충분히 제가 손을 봤습니다. 일반인들이라서 더하면 쉽게 죽을지도 모릅니다. 제가 때린 일장만으로도 이미 모든 뼈가 부러졌을 겁니다."

"그래? 그럼 가자."

염소수염 영감의 과장이 심하기는 했지만 실제 연걸은 다리가 부러졌고, 강철은 가슴뼈가 금이 간 상태였다. 두 마교인들은 별일 아니었다는 듯이 무심하게 문을 나서서 자신들의 방을 향해 갔다.

무열은 그들이 나가자마자 무섭게 방으로 뛰어 들어 가서 연걸과 강철을 침상에 눕혔다. 그리고 급하게 자신의 소지품 가방에서 휴대폰을 꺼내서 병원에 긴급 호출을 했다.

"왜 그렇게 처 맞고들 있었어! 별것도 없잖아! 그냥 다 말해도 되는데!"

"……."

"……."

말을 하면서 무열은 왠지 자신이 울먹거리고 있는 것 같았다. 차마 이들에게 눈물을 보일 수 없다고 생각하면서 꾹 누르고 응급조치를 나름 하려고 하고 있었다.

'에잇! 급하니까 내공 조절이 제대로 안 되네. 그러게

왜 사람을 못난 사람을 만들어! 바보들 같아서는…… 언제부터 우리가 친했다고!'

주워들은 지식대로 내공을 약하게 주입해서 상처 부위를 치료하는 것을 시도해 보려고 했지만 현재 자신의 마음 상태로는 불가능해 보였다.

"무어…… 형, 어떻게 형쩨르…… 파라요. 그노들 따…… 보니까 나쁘 노드 같던데 방짱니과 치부이 이따느 싸시만 아게…… 디어도 형가 소리사에……."

"그……래, 무여…… 도쌩, 우……리까 크으래또…… 으리 핫나느 *끄*내쭈지……? <u>흐흐흐</u>……크."

"지금 웃음이 나와요!"

시뻘겋게 부은 얼굴에 어눌한 발음으로 말하는 그들을 뒤로하고 무열은 부르르 떨리는 주먹을 꽉 쥐고서 문 쪽으로 향했다. 이들을 치료해 줄 병원 구급대가 잠시 후면 도착할 것이니 자신은 아까부터 하고자 했던 일을 하러 나가야 했다.

'내가 원래 나름(?) 양심적인 사람인데 너무들 하네. 쳇, 의형제라 이거지? 그놈의 의리! 나도 지켜주겠어!'

자신의 짐에서 야행복 세트를 꺼냈다. 특별히 주문해 두었던 두건까지 모두 꺼내서 품에 넣었다.

"잠시 후면 구급대가 올 겁니다. 저는 잠시 뒷간에 갔다 올게요."

"혀엉, 하짜시 또 가여?"

"바아그 다여 옹…… 거 아니어나?"

옹알이처럼 들리는 말들을 뒤로하고, 자신의 할 말을
마치자마자 재빨리 문을 닫고 나온 무열은 아까의 마교인
들의 뒤를 밟기 시작했다.

무열은 조금 구석진 곳에서 야행복을 차려입고 얼굴에
는 두건까지 썼다. 이 두건은 마스크까지 함께 제작되어
있어 눈을 빼고는 상대방에게 보이지 않는 것이다.

'이놈들을 어떻게 해줄까? 뼈를 발라줄까? 태워 버릴
까? 죽이는 것은 안 되겠지? 아! 맞다. 자신의 사리사욕
을 위해서 무공을 사용하면 안 되지!'

생각이 거기에 미치자 가던 길을 갑자기 멈추고 우뚝
서 버린 무열이었다. 이 상황은 사리사욕의 문제일까? 위
기 상황일까? 그런데 아무리 생각해도 그 마교놈들에게는
합당한 선물(?)을 주어야 한다는 생각이 들었다.

'마교놈들은 어차피 소림사를 노리고 왔고, 나도 죽일
지 모르는 상황이었으니 그러면 위기 상황에 해당될 수
있겠네. 다만 죽이지는 말고 조금만 손을 봐주자!'

그렇게 자신을 합리화시키고 다시 재빠르게 움직이는
무열이었다. 자신의 결론이 맞을 것이라고 확신하고 설마
금제로 자신이 죽지는 않을 것이라고 생각을 했다.

그놈들의 방은 생각보다 가까웠다. 바로 두 건물 건너

의 기숙사 방들 중 하나였다. 그러나 막상 실행에 옮기기에 무열의 생각은 복잡했다. 이동하면서 조금은 냉정해진 머리에 여러 가지 걱정들이 떠오르기 시작했다.

'죽이지는 않아야 하고, 그렇다고 큰 소란을 일으켜서 마교 상부에 보고가 들어가서도 안 될 것이고, 이곳에 고수가 있다는 사실을 알려줘도 안 될 터이고…… 어떻게 해줄까?'

이미 놈들은 깊은 잠에 빠져들은 듯했다. 밖에서 들으니 숨소리가 고르게 들리고 있었다. 일단 문을 조용히 열고 들어가서 그들의 침상머리에 섰다.

'그래, 이 방법이 어떨까? 쳇, 연결하고 강철 형이 당한 것에 비하면 너무 작은 대가이잖아! 어쩔 수 없지…… 그래도 사나이는 은원(?)이 확실해야 하는 법!'

우선 곤히 자고 있지만 혹시 모를 일이라는 생각에 그들의 혼혈(昏穴)을 재빨리 짚었다. 몇 시간 후면 풀리도록 내공을 약간만 주입했다.

그 후 무열은 내공을 손바닥에 집중해서 불꽃을 일으켰다.

화르륵!

이 불꽃은 특이하게도 자신의 손에는 전혀 뜨겁지 않았지만 강력한 화력을 가지고 있었다.

무열은 불꽃을 미세하게 조절해서 실처럼 아주 가늘게

만들었다. 그리고 그 실을 조정해서 침상에 자고 있는 놈들의 머리와 눈썹, 그리고 신체의 모든 부위의 털들을 태우기 시작했다.

'으…… 털 타는 냄새! 이 방법이 진짜 쓸 데가 있으리라고는 생각도 못했네.'

원래는 신개가 개를 먹을 때 털을 태우는 비법이라고 알려준 견화장(犬火掌)이었다. 털만 태우고 표피는 살짝 그슬리기만 하고 절대 상하지는 않게 해야 한다고 거듭 강조하면서 가르쳤던 기술이다.

아까 낮에 내공을 실처럼 뽑아서 방장스님의 몸속 탐험을 하는 임상(?)실험을 한번 수행해서 그런지 수월하게 가능했다. 옷이나 피부를 피해서 원하는 부위만 잘 태우고 있었다.

무열의 생각으로는 몸속이나 피부의 특정 부위만 태우는 레이저를 상상해서 만들어본 것이었지만 성능이 생각보다 훌륭했다.

'음…… 불법 피부 시술소 하나 차려도 되겠어. 큭!'

그들은 깊은 잠에 빠진 상태로 혼혈까지 점해져 현재의 상황을 알 수 없었다. 무열의 움직임이나 미세한 동작조차도 아무 소음도 없었다. 오로지 실내에는 털 타는 냄새만이 진동했다.

무열이 털을 태우는 데 걸린 시간은 아주 짧았다. 완전

범죄를 위해서 환기용으로 창을 열어두었다. 그리고 재빨리 밖으로 다시 나와서 자신의 방으로 향했다.

아침이 되자 마교인들이 머물고 있는 기숙사에서는 비명 소리가 울려 퍼졌다.

"내…… 털! 내…… 털이!"

"소교주님! 정신 차리세요!"

"헉! 넌 무슨 괴물이냐?"

"소교주님! 접니다! 으악!"

그들은 그날 아침 한동안 방에서 나오지를 못했다. 무열은 미리 그날 새벽부터 은근히 각 기숙사에 소문을 흘렸다. 소문은 털이 밤사이 몽땅 사라지는 무모증(無毛症)이라는 질병이 있다는 것이다.

의외로 이곳에서는 그 소문이 잘도 먹혔다. 아무래도 소림사라서 그런지 민머리 문제에 민감(?)한 듯했다. 각 기숙사의 학생들은 그 후로 그 병을 막는데 각자의 총력을 다 하는 듯했다.

그리고 마교인들은 전염성을 우려한 기숙사 학생들에게 왕따가 되었다. 그들이 나타나면 다들 썰물이 빠지듯이 사라지는 것이었다.

염소수염 영감은 더 이상 염소수염이 아닌 민수염이었다. 실제 수염도 눈썹도 머리털도 없는 그의 모습은 흡사 영화 속의 골룸과 비슷했다.

"소교주님, 이런 질병이 있다는 이야기는 처음 듣습니다."

"네가 아는 것이 뭐가 있더냐? 그럼 밤사이 우리의 털들이 모두 어디로 갔다는 말이냐! 누가 우리 털을 몽땅 뽑아가기라도 했다는 말이냐!"

"글쎄요······."

"에잇! 우선 시내에 가서 붙일 털들을 사오너라. 흉해서 못 보겠으니. 흠흠. 그리고 듣자 하니 대도시 계집들의 화장실마다 이 병에 좋다는 약 선전이 붙어 있다고 하니 가는 김에 약도 한번 알아보고."

"어디어디 털을 준비해야 할까요?"

"보면 모르냐! 당장 밖으로 보이는 가발과 눈썹부터 사와야 되지 않느냐?! 아니면 다른 털을 사올 테냐?"

"털 색깔은······ 으─악!"

멀리서 이것을 듣고 있던 무열은 웃음이 나올 뿐이었다.

'나름 복수는 된 건가?'

연걸과 강철은 현재 침상에 누워 있었다. 최소 일주일 이상은 침상에 있어야 하고 그 후에도 뼈가 아물 때까지 한 달 이상은 수련도 할 수 없다고 하니 지루하고 힘들 것이었다.

경찰에 신고하려고 했으나 무술학교 관계자들은 정확한 범인과 증거가 없다고 쉬쉬했다.

범인이 같은 학교 학생임에도 학교의 명성과 품위(?) 유지를 위해서 조용히 덮는 것 같았다. 마교인들은 지병을 이유로 학교에 자퇴 신청을 한 것 같았다.

'그나저나 저들이 마교인이라는 사실과 이 일을 방장님에게는 이야기를 해두어야겠어. 연결과 강철에게는 대충 깡패 같은 녀석들이라고 해두고……'

무열은 아침부터 마교인들의 희소식(?)에 기분이 좋아져서 뒤쪽 대나무 숲의 사찰로 향하고 있었다. 아직 숙수가 배정되지 않았기에 아침 식사를 다른 학생들과 함께 아래쪽에서 하고 올라가는 길이었다.

무열이 신나게 콧노래를 부르면서 사찰로 향하고 있을 무렵, 소림사의 바로 밖의 야트막한 산에서는 두 여인의 비밀스런 대화가 오고 가고 있었다.

"그래? 소교주와 이장로가 소림사를 나갔다고?"

"네, 무모증이라 불리는 알 수 없는 질병에 걸린 듯했습니다."

"무모증? 그것이 무엇이더냐?"

"전신의 모든 털이 하룻밤 사이에 사라지는 질병이라고 합니다. 전염성을 가지고 있고, 질병에 대한 약도 없다고 하니 무서운 일이옵니다."

설명을 듣는 순간 임아영은 소름이 끼쳤다.

'헉! 전신의 털이 다 없어져?'

꼭 그새 자신의 모든 털이 사라질 것만 같은 느낌이었다.

"그, 그런 무서운 병이! 그래, 소교주와 이장로는 어디로 가는 것 같았느냐?"

"본교로 다시 귀환하시는 듯했습니다."

"이런! 그럼 본교에 그 질병이 퍼질 수도 있지 않겠느냐? 우선 교의 상부에 이 사실을 당장 알려야겠구나!"

'그들을 당장 격리시키라고 해야겠어! 이런 무서운 일이! 하여튼 평소에도 하는 일이 매사에 띨띨하더니 어디서 그런 병에 걸려 가지고는……'

소교주는 현재 마교의 실질적인 권력 다툼에서 많이 밀려난 상태였다. 현재 마교의 실세는 크게 두 세력으로 나눠졌다.

여덟 명의 장로 중에서 일장로와 사장로는 교주의 최측근으로 그 모습도 일반 교인들은 보기 어려웠다. 그들은 교주의 좌우호법을 겸하는 사람들이었다.

그리고 나머지 장로들은 모두 팔장로를 필두로 해서 가장 큰 세력을 떨치고 있었다. 팔장로는 현재 교주 다음으로 가장 강력한 무공을 가진 자로 자신이 다음 대 교주가 되고 싶어 하고 있었다.

임아영 자신은 정작 아직 어느 세력에도 속하지 않은 상태였다. 마교 최고의 정보 조직인 흑영대(黑影隊) 수장답게 저울질을 열심히 하고 있었다.

'어차피 실권도 없는 소교주 같은 녀석은 어떻게 되든 상관없는 일이겠지.'

"그리고 무술학교에는 이제 입학할 수 없으니 다른 형태로 잠입할 수 있도록 정보를 알아보도록 해라! 그만 가보거라."

"네!"

명령을 모두 내리자 앞에서 고개를 숙이고 있던 여인은 바람 같은 신법으로 그 자리를 떠나서 사라졌다.

'당분간은 교로 귀환하지 말고, 정보나 더 수집하러 다닌다고 해야겠어. 잘못하다가는 온몸의 털이…….'

임아영은 상상만으로도 두려운 듯 잠깐 몸을 흠칫하면서 떨었다.

처음에 소림사의 정보를 캐야 하는 임무를 소교주 자신이 하겠다고 나서서 설칠 때부터 미덥지가 않았다. 물론 교주의 인정을 받아보고 싶은 간절한 마음에 나선 것이겠지만 교주 또한 그에게 기회를 주고 싶어 하셨다.

평소 매사에 제대로 하는 일이 없는 소교주였다. 그래서 이번에도 역시 제대로 일을 하지 못할 것을 예상하여 직접 진두지휘를 하고, 미리 감시를 붙여두기를 너무나 잘한 일이라고 생각하는 임아영이었다.

　임아영은 앞으로 최대한 소교주와 이장로는 만나지 말아야겠다고 다시 한 번 굳은 결심을 하고 자리를 떠나고 있었다.

　이때 무열은 자신이 저지른 일이 마교 전체를 무모증의 공포 속으로 몰아간 줄은 알지도 못하고 신나게 산길을 오르고 있었다.

4.
문일망십(聞一忘十)

무열이 사찰의 중앙 건물로 들어서자 일찍부터 기다린 것으로 보이는 일행들이 무열을 반갑게 맞이했다. 방장스님과 몇몇 스님들 그리고 어린 동자승으로 보이는 아이들이 있었다.

　"밤새 안녕하셨습니까?"

　"어서 오시게 소형제. 아까부터 기다렸다네. 여기 이들이 이번에 선발한 제자들이네."

　아이들은 모두 세 명이었다. 모두 이제 겨우 여덟 살에서 열 살이 되었을 법한 아이들이었다. 물론 더 어린아이들이면 좋겠지만 그러면 수업하기가 힘들 것이라 이 정도 연령이 적당하기는 했다.

무열은 다가가서 아이들을 자세히 살펴보기 시작했다. 그중 한 명의 근골이 유난히 좋았다. 튼튼해 보이는 굵은 뼈와 벌써부터 균형이 잡힌 몸을 보니 앞으로 기골이 장대해질 기질이 보였다. 특히 하체가 튼실하니 권법을 특기로 하는 소림사의 무공을 배우기에 아주 적합해 보였다.

"이 아이의 이름은 어떻게 됩니까?"

"현우 사제라네. 자네가 아이들의 근골을 볼 줄 아는군. 그 아이가 이번의 제자들 중에서 가장 기대주라네. 이세 명과 함께 몇 나이 든 제자들도 수업을 들을까 하네만 어떻게 생각하나?"

"네, 그렇게 하시죠. 다 같이 모여서 소림오권의 형(形)을 공부하는 것으로 하겠습니다. 그런데 방장님 잠시 이야기를 해도……."

무열은 우선 어제의 마교 일당 이야기를 전해야 한다고 생각이 들었다. 그래서 주변에 다른 사람들이 있어도 되는지 알 수 없어서 잠시 머뭇거렸다.

눈치가 빠른 방장스님은 무열에게 안쪽의 방장실로 들어오라고 하고 먼저 앞장을 섰다.

"이리 들어오게."

방장실로 들어가자 방장스님은 무열에게 하나밖에 없는 낡은 의자에 앉는 것을 권했다. 그리고 자신은 침상에 걸터앉았다.

"그래, 이제 이야기를 편하게 해보게."

"다름이 아니오라 어제 마교인들로 보이는 무리들이 소림사 내에서 학생들에게 행패를 부렸습니다. 알고 계셔야 할 듯해서……."

"그렇잖아도 아침에 학생들 중 폭력 사건에 휘말린 학생들이 있다고 보고를 받았네. 그들이었구만."

"네, 마교인들은 학생으로 위장을 하고 들어와 있었던 것 같습니다."

"아미타불…… 어쩔 수 없는 일이지. 현재는 소림의 힘이 땅에 떨어졌다네. 마교가 득세하여 공적인 세력들도 그들과 한패나 다름없다네."

탄식하듯 이야기는 방장스님의 얼굴은 침통해 보였다.

그렇지만 무열에게는 마교란 아직까지는 온전히 세력을 보존하고 있는 무력 집단이라는 생각밖에는 들지 않았다. 물론 사악한 무리라는 생각은 이번 일로 확신이 들었지만 마교 전체가 다 그런지는 아직 확신이 없었다.

방장스님은 잠시 주저하는 듯 말을 쉬더니 느릿느릿 다시 말을 이어 가고 있었다.

"그렇잖아도 자네에게 부탁을 하나 해보려고 했었네. 그런데 참으로 부끄러운 일인지라 소림사의 보물을 돌려준 것만으로도 고마운 일인데 이런 염치없는 일까지……."

"방장님, 무슨 일이신데 그러시는……?"

"사실 힘을 잃은 우리들과 달리 마교는 이미 그 성세가 오백 년이 넘었다네. 그럼에도 그들은 그 세력을 숨기고 뒤에서 은밀하게 활동을 한다네."

사실 무열의 생각에도 이상했다. 그렇게 대단한 무력 집단을 가지고 있다면 세계 정복도 꿈은 아닐 것인데 그들은 가진 힘에 비하면 너무 조용한 듯싶었다.

"사실 그들은 오래전부터 바라던 것이 있었다네. 그 일은 바로 천마(天魔)의 부활이라네. 만약 이 일이 진정 이루어진다면 마교는 바로 세상에 나올 것이라네."

"천마의 부활이요?"

"천마는 실재하는 인물이라네. 마교의 신적인 존재나 다름없지. 그들은 현재에 그를 부활시킬 수 있다고 믿고 있다네. 진정 그가 다시 나타난다면 세상은 모두 마교에 복속될 것이라네."

'천마? 천년 묵은 마귀? 악마? 아니면 달라이 라마처럼 환생이라도 하나? 설마 사람이겠어?'

천마가 누구인지 아니면 어떤 존재인지 알 수 없는 무열에게는 그저 어이없는 이야기였다. 하지만 한편으로는 이렇게 무림이 실재하는 것처럼 그 존재 또한 실재할 수도 있을 것이라는 생각이 들었다.

"그래서 말이네만 자네가 우리에게 힘을 보태줄 수 있

겠나?"

"힘을 보태다뇨?"

"흠흠…… 그러니까 혹시 마교가 발호를 한다든가 문제
가 발생하면 우리를 도와줬으면 하는 걸세."

방장스님은 부끄러운 듯 약간 붉어진 얼굴로 어렵게 말
을 꺼냈지만 무열은 말을 듣자마자 대뜸 정색을 하고 거
절의 말을 했다.

"방장님, 죄송하게도 우선은 확답을 드리기는 어려울
듯싶습니다. 제가 일전에 미처 다 말씀드리지 못했지만
해야 할 일이 아직 많고, 본신의 무공도 생각보다 미천합
니다."

"그, 그런가? 아쉬운 일이로군. 자네 정도의 사람이 소
림사의 힘이 되어 준다면 든든할 터인데…… 아미타불."

방장스님은 무척이나 아쉬운 듯 땅이 꺼져라 긴 한숨과
함께 슬픈 표정을 짓고 있었다. 흘끔흘끔 무열의 눈치를
보는 것이 영락없이 실연당한 노친네의 모습이었다.

'잉? 이 노인네가 미쳤나? 나 보고 대신 싸워달라고?
그럴 수는 없지! 내가 마교랑 원수진 일이 있는 것도 아니
고 뭔 좋은 일이라고 남의 쌈박 질에 나서?'

어제의 일로 마교인들을 좋지 않게 보고 있는 무열이었
지만 굳이 소림사를 대신해서까지 나서서 그들과 싸워야
할 필요를 느끼지는 못했다.

'자신들이 무공 열심히 익혀서 해결을 보라고 해야지.' 아! 그러고 보니 대환단에 대해서도 이 기회에 물어봐야겠네.'

"그런데 방장님, 혹시 대환단이 소림사에 남아 있는지요?"

"대, 대환단!"

"다름이 아니오라 내공의 문제 때문에 그렇습니다. 일전에 제가 무공 전수를 받은 과정을 말씀드렸지만, 내공을 모으는 방법은 제가 모르고 있습니다. 이렇게 되면 역근경의 오의를 스스로 깨우치거나 새로 내공을 모으는 방법을 개발해야 되는데 그게 무리인 듯싶어서 말입니다."

대환단이라는 소리에 놀란 표정이 된 방장스님은 한동안 벌어진 입을 다물지를 못했다. 아무래도 소림사에서 그 이름이 오래도록 거론되지 않았던 모양이었다.

"대환단이라…… 이게 얼마 만에 들어보는 이름인지……. 있다면 우리도 정말 쓰고 싶네. 그렇지 않았겠나?"

"그럼 현재 없는가 보군요?"

"현재 소림사에 보유하고 있는 대환단은 하나도 없다네. 사실 장경각이 다 타고 모든 무공서들이 소멸되었지만 대환단을 만드는 기술자들은 살아남아 있었다네."

"그럼 만들면 되겠군요!"

"그게 기술이 남아 있으면 뭘 하겠는가? 재료들을 구할 길이 없는 것을…… 아미타불."

"네?!"

"그렇다네. 재료들이 천고에 다시없는 귀한 약재들인데 그때 이후로 소림사에서는 구할 엄두도 낼 수가 없었네. 그리고 기술자들도 수명이 다해 이제는 기록만이 남아 있을 뿐이라네."

잠시 고민에 빠지는 무열이었다. 대환단 같은 영약을 구할 수 없다면 무공 전수 프로젝트에 지대한 문제가 발생하는 것이었다.

'어쩌지? 우선 기록을 받아서 내가 구할 수 있는지 볼까? 한약방을 가보던가 산과 들을 잘 뒤지면 되는 거 아닌가?'

"혹시 그 기록을 보여주실 수 있으신지요?"

"소림사의 대은인인 자네에게 기록을 보여주는 것이 뭐가 어렵겠나? 아예 선물로 줌세. 그렇잖아도 줄 것이 아무것도 없어서 면목이 없었는데 이것으로 빈도의 마음이 조금은 편해지겠어."

흥이 나는지 벌떡 일어나서 침상 옆의 작은 벽장으로 다가가는 방장스님이었다. 사실 그는 소림사가 진 빚을 이렇게라도 갚을 수 있다는 생각에 기뻤던 것이다.

방장스님은 낡아 보이는 누런색 봉투를 하나 꺼냈다.

그리고 안쪽에서 무엇인가 많이 기록된 종이로 보이는 것을 꺼내서 무열에게 전해 주었다.

'어디 재료를 보자. 엥? 만년삼왕(萬年參王) 이건 만년 먹은 산삼이고, 천년하수오(千年何首烏) 이건 뭐지? 하수오가 천 년이나 됐어? 공청석유(孔淸石乳)? 이 석유는 뭐지? 혈안신묘(血眼神猫)???.'

아무리 생각해 봐도 있기나 한지 믿을 수 없는 재료들과 온통 정체를 알 수 없는 리스트에 놀랐다.

'이것들을 어디서 어떻게 구한다지? 한약방? 한약방에 있을 것 같지는 않은데…… 정보가 필요한데 말이야. 아! 정보! 개방!'

잘된 일이었다. 어차피 개방에도 가야 하는데 이번 기회에 소림사에서 혹시 개방을 수소문하면 일석이조 아닌가?

더욱이 개방의 힘으로 대환단을 제작할 수 있다면 이것이야말로 일석삼조였다. 역시 자신이 똑똑하다고 생각하면서 흐뭇해하는 무열이었다.

이렇게 종이를 보던 무열의 얼굴이 이상하게 밝아지자 방장스님은 의아해하고 있었다.

"방장님, 혹시 개방이 현재 어디에 있는지 또는 어떻게 연락을 취할 방법은 없나요?"

"개방이라니? 아미타불! 안타까운 이야기이지만 개방

은 이미 없어진 지 오래라네."

"그럴 리가…… 개방이 그리 쉽게 사라졌습니까?"

무열은 갑자기 안타까운 신개의 얼굴이 스쳐 지나갔다. 그나마 유적지에서 가장 사람냄새 나는 존재였고, 무열과 말이 잘 통하는 귀신(?)이었다.

"정확히 말하자면 개방은 더 이상 존재하지 않고, 개방의 후예들은 있는 것으로 말해야 맞겠지."

"무슨 이야기신지 제가 잘 이해를 못하겠습니다."

"현재 개방의 후예들은 모두 엄청난 갑부들이라네. 그들의 정보력을 이용해서 처음에는 정보를 사고팔더니 나중에는 부동산 투기를 비롯한 각종 사업체를 운영해서 이윤을 크게 봤다네. 그들은 무림과는 거의 연을 끊은 지 오래라네."

"거지들이 아니고 부자들이라고요? 앗! 죄송합니다. 제가 놀라서 말을 함부로 했습니다."

"소형제가 정확하게 봤네. 그들은 더 이상 거지들이 아니라 중국 최고의 부자들 집단이라네. 하긴 그중에 아직 개방의 오랜 뜻과 진전을 이어야 한다고 주장하는 옹고집쟁이 영감이 하나 있기는 하네만……."

"아! 그런 분이 계신가요? 혹시 그분께 연락을 넣어주실 수 없으신가요?"

무열은 한 사람이라도 남아 있다는 말에 우선 희망을

가졌다. 그리고 어차피 그 사람을 만나서 개방의 진정한
후예인지 가늠을 해야 했다.

'여건이 되면 대환단 문제도 함께 해결해 볼 수도 있겠
지. 뭐, 진정한 후예가 한 명도 없다면 일이 하나 줄어드
는 셈이니 나름 그것도 괜찮네.'

"그쪽으로 연락을 넣어는 두겠네. 워낙 종잡을 수 없는
사람이라 쉽게 연락이 되지는 않을 걸세."

"네, 감사합니다."

"그럼 대환단은 어쩔 셈인가?"

"대환단은 우선 제가 최대한 알아보도록 하겠습니다.
다만 그전에 어린 제자들은 제가 가능하다면 혈도를 모두
뚫어주는 작업을 해보도록 노력하겠습니다."

"그런! 고마운 일이! 그, 그게 가능하겠는가?"

"글쎄요. 노력은 해보겠지만 장담은 못합니다. 제가 알
고 있는 지식이 미천해서 말입니다."

"소형제. 그런 말 말게. 자네가 가진 지식이 미천하다
면 이 늙은이는 어쩌나? 믿고 있네."

방장스님은 벌떡 일어나서 무열의 손을 꼭 잡고 있었
다. 이미 그의 새우 눈은 대번에 확 휘어지고 입은 귀까지
헤벌쭉 벌어져 있었다.

반면에 철썩 같이 자신을 믿는 것 같은 방장스님의 말
이 부담스러운 무열이었다.

'해보기는 하겠지만 정말 잘못하면 아이들을 반병신으로 만들 수도 있는 문제인데…….'

그래도 내공을 얻을 수 없는 상태라면 우선 혈도라도 제대로 뚫어주고 길이라도 잡아주는 것이 최선이었다. 그 다음 기를 느껴서 갈무리하는 과정은 그저 각자의 운이나 선척적인 재능에 맡기는 수밖에 없었다. 물론 대환단 문제가 해결된다면 쉽게 해결될 일이었다.

"그럼 수업은 이 사찰 안쪽의 연무장을 사용하도록 하게. 이 건물 바로 뒤편이 연무장이라네."

"네, 알겠습니다."

방장스님과의 이야기를 마치고 밖으로 나오자 한참을 기다린 듯 지루한 표정이 되어 버린 어린 스님들이 있었다.

방장스님은 같이 수업을 하게 될 스님들을 소개하기 시작했다.

"이분은 내 사형인 성수 대사라네. 그리고 이 사람은 현재 무자배 중 가장 뛰어난 무장이라네."

"안녕하세요. 무열이라고 합니다."

무열은 이미 익숙한 얼굴의 이들에게 포권을 하며 인사를 했다. 그나마 이들이 방장스님보다는 못하지만 나름 외공 면에서는 잘 단련된 이들로 보였다. 물론 내공은 방장스님보다도 미약해 보였다.

첫날 봤듯이 관우상을 닮은 성수 대사는 성격이 화통해 보이고 덩치도 거대했다. 또한 여전히 말 한마디 없이 무뚝뚝한 무장 또한 익숙한 얼굴이라 반가웠지만 상대방은 그렇지 않은 듯했다.

"허허, 너무 격식 차릴 필요는 없네, 오늘부터 소림오권을 배운다고 해서 기대를 많이 하고 있다네. 잘 부탁하네."

"저도 부탁드립니다."

성수 대사는 보이는 것처럼 성격이 화끈하고 시원시원한 듯했다. 화통하게 웃으면서 인사를 했다. 그러나 무장은 간단하게 인사만 할 뿐 역시 아무 표정 변화가 없었다.

'저 무장이라는 녀석은 내가 마음에 안 드나? 아니면 원래 저런가?'

웃는 얼굴도 없고, 항상 무서운 표정으로 일관된 그가 왠지 불편한 무열이었다.

방장스님은 어린 스님들을 자신의 앞으로 오게 한 다음 무열에게 인사를 시켰다.

"그리고 여기 어린 스님들은 현자배의 사형제들로 현우, 현무, 현청이라네. 여기 이분이 너희들이 앞으로 스승으로 모실 분이다. 예의를 갖추도록 해라."

"네! 스승님 잘 부탁드립니다."

방장스님이 무열을 소개하자마자 동시에 인사를 하고

앞으로 나온 세 명의 어린 스님들은 무릎을 꿇고 예를 올리고 있었다.

'꼬맹이 녀석들이 굉장히 예의 바르네. 기특한 걸.'

평소에 아이는 아이답게라는 신조를 가지고 있는 무열에게는 첫인상이 조금 딱딱한 인형 같은 아이들이었다.

"그럼 다들 뒤쪽 연무장으로 가세."

방장스님의 말에 다들 건물 뒤의 연무장으로 이동을 했다. 이제 본격적으로 소림오권을 수업하는 것이다. 비록 외형뿐이라지만 타인에게 무공을 전수하는 과정이 설레는 무열이었다.

연무장에 이르자 무열은 앞쪽으로 나가서 설명을 하기 시작했다.

"부족하고 어린 저에게 이런 자리를 주셔서 감사합니다. 우선 본인이 전체적으로 시범을 보이고 나서 따라하는 방식으로 하도록 하겠습니다."

말을 끝낸 무열은 소림오권을 펼치기 시작했다.

소림오권(少林五拳)!

소림오권은 동물들의 동작과 특징을 본떠 고안한 것으로 용권(龍拳), 호권(虎拳), 표권(豹拳), 사권(蛇拳), 학권(鶴拳)을 말한다. 이 다섯 가지로 구성된 무술은 각기 다른 목적을 가지고 있었다.

용권은 척추와 골반을 바르게 해주어 신(神)을 단련시키고, 호권은 맹렬한 기세와 더불어서 골(骨)을 단련시키며, 표권은 날렵한 움직임에 힘(力)을 길러준다. 그리고 사권은 허리를 영활하게 하여 기(氣)를 길러주고, 학권은 동작의 완급을 조절하고 중심을 안정되게 하여 정(精)을 기른다.

이렇듯 신(神), 골(骨), 힘(力), 기(氣), 정(精)의 다섯 요소를 모두 수련하는 소림오권은 소림사 무공의 가장 기본이라고 할 수 있었다.

무열이 점점 내공을 담아서 무공을 펼치기 시작하자 동작 하나 하나에 파공성과 함께 기풍이 일기 시작했다. 놀란 일행들은 약간 멀리 떨어져서 구경을 하기 시작했다.

내공이 담긴 소림오권은 동물의 동작과 특징을 본떴다고 하지만 그 기세가 사뭇 위력적이었다. 때로는 부드럽고 날렵한 동작 속에 강한 파괴력을 보여주는 동작들이 이어졌다.

파앗— 팟!

주변에 땅이 파여 흙이 휘날릴 정도의 강렬한 기파를 날리면서 마무리했다.

'오랜만에 했더니 몸이 다 시원하네. 그나저나 조금 멋지게 보이라고 내공도 팍팍 넣어주고 했는데 괜찮았나?'

무열의 동작이 다 끝났지만, 다들 넋이 나간 듯이 아무 말도 없이 쳐다만 보고 있었다.

"에헴, 흠흠…… 끝입니다."

무열이 끝났다고 말을 하자마자 주변에서는 우레와 같은 박수와 불호, 그리고 환호성이 튀어나왔다.

"오! 대단하군!"

"아미타불! 아미타불!"

"와아! 진짜 멋져요!"

'훗, 꼬맹이들이 가장 신났군, 짜식들! 이제야 애들 같네.'

무열의 무공 시범에 가장 신이 나서 환호성을 지르고 있는 것은 어린 스님들이었다.

그들의 눈동자는 어느새 모두 무열에 대한 광적인 존경의 눈빛을 가지고 있었다. 그리고 무공에 대한 열망도 한층 높아진 듯했다.

'헉! 왠지 연결이랑 강철 형이 연상이 되지?'

"자자. 다들 보셨으니 지금부터 한 동작씩 시범을 보이고 따라하는 것으로 하지요."

"네!"

어린 스님들은 우렁차게 큰소리로 대답을 하면서 신나 있었다. 무열은 한 동작씩 시범을 보이면서 따라서 하는 동작들을 교정해 주고 있었다.

처음 배우는 소림오권임에도 방장스님을 포함해서 성수

대사와 무장, 그리고 현무와 현청은 쉽게 따라하고 있었다. 외형만을 따라하는 것이기에 그다지 어려운 것도 아니었고 동작의 정확성을 표현해 줄 신체적 능력과 암기력이 필요했다.

특히 그중에서 가장 빠르게 습득을 하는 사람은 놀랍게도 어린 현청이었다. 아직 어린아이라 신체적인 능력이 제대로 갖춰진 것이 아니었지만 뛰어난 암기력으로 소림 오권을 반나절 만에 모든 형을 어느 정도 흉내를 내는 것이었다.

'뛰어난 암기력이야! 내공만 사용할 수 있다면 최고일 텐데……'

그러나 가장 큰 문제는 현우였다. 근골은 분명히 좋아 보였지만 뭐가 문제인지 어설픈 동작들도 문제였지만 좀처럼 하나의 형도 제대로 외우지를 못했다.

"학이라니까! 학! 팔을 조금 더 넓게 펴고!"

학권을 여러 번 보여주고 따라하게 했지만 학이 아닌 병든 닭이 되어 버리는 현우의 모습이었다.

'저 녀석은 근골은 좋은데 머리가 돌인가?'

더욱이 뭔가 대답이나 자신의 생각을 말하면 좋으련만 아무 말도 없는 것이 무열을 더 답답하게 했다.

"이쪽을 이렇게 하고! 다리는 조금 더 벌리고!"

결국 무열은 다른 스님들은 재껴 두고 현우를 집중적으

로 케어(?)해 주기 바빴다. 현우에게는 용을 지렁이로 호랑이는 고양이로 학은 오리로 바꾸는 신묘한(?) 재주가 있는 듯했다. 반나절 내내 몇 번이고 시범을 보여주고 동작을 따라하게 했지만 신기하게도 단 하나도 기억을 목하는 현우였다.

"이제 용권부터 다시 해보자."

"……."

"아니! 다 잊은 거냐?"

"죄송합니다."

'하나를 가르치면 열을 안다는데, 이 녀석은 어떻게 하나를 가르치면 열을 잊는군! 돈도 안 나오는데 때려치울까?'

최소한 다른 이들은 전체를 다 기억하지는 못해도 어느 정도는 소화를 한 듯했다. 그러나 최고의 근골을 타고났다는 이 녀석은 뭐란 말인가?

탄식을 하다못해 지쳐 가고 있던 무열에게 반가운 소리가 들렸다.

"다들 지쳤을 텐데 식사라도 하고 다시 하도록 하지요."

방장스님의 밥을 먹자는 말에 눈앞의 심각한 문제도 순식간에 사라지는 무열이었다.

혹시 자신을 위한 숙수가 배정이 되었는지 무척이나 궁

금한 무열이었다. 재빨리 방장스님의 옆으로 다가가 나긋한 목소리로 조용히 물었다.

"방장님, 지난번에 부탁드린 숙수 문제는 어떻게……."

"그건 이미 알아보고 있는데 생각보다 쉽지가 않네그려. 소림사에 여시주를 들일 수도 없는 일이고, 소림사의 연이 닿는 한국 요리를 하는 남자 숙수가 흔하지가 않다네."

'이런! 요리사가 그리 찾기 어려운가? 하긴 한국 요리 하는 사람이 여기 흔하겠어. 쩝.'

그렇다고 포기할 무열이 아니었다. 차라리 재료와 음식할 공간만 주어진다면 자신이 직접 할 수도 있을 것이라는 생각이 들었다.

"그런가요? 혹시 그러면 숙수가 구해질 때까지 제가 직접 조리를 할 수 있도록 해주시면 직접 조리하도록 하겠습니다."

"자네가? 소형제는 요리에도 일가견이 있나 보구만?"

"대단한 것은 아니고요. 집에서 먹는 음식 정도는 만들 수 있습니다."

요리를 할 수 있다는 말에 방장스님은 의외라는 듯이 무열을 바라봤다. 어머님이 돌아가시고 동생과 둘이 살면서 나름 가정 요리에는 실력이 있다고 자부하는 자신이었다.

'요새는 요리 잘하는 남자가 사랑받는다고, 흠흠.'

"그렇다면 주방은 언제든지 사용해도 좋다네. 혹시 필요한 재료가 있다면 편하게 제자들에게 말을 해주게나."

"네, 감사합니다!"

'아~ 드디어 숯불갈비!를~~ 루루~루~'

어차피 지금 당장은 먹을 수 없고, 양념을 해서 재어둔 다음에 내일 먹을 생각이었다.

즐거운 마음에 이미 조금 전의 걱정 같은 것은 모두 잊고 식당을 향해서 빠르게 달려가는 무열이었다.

주방은 식당의 바로 안쪽에 위치해 있었다. 몇 명의 스님들이 분주하게 점심을 준비하고 있는 것이 보였다.

"안녕하세요."

"시주께서는 누구신가?"

딱 봐도 주방을 담당하는 대장(?) 같은 느낌의 늙은 스님이 무열에게 무뚝뚝한 말투에 반말로 질문을 건넸다. 왠지 자신의 영역을 침범당해서 불쾌한 눈치였다.

"권무열이라고 합니다. 방장님의 허락을 얻어서 오늘부터 이곳 시설을 조금 얻어 쓰려고 왔습니다."

상대방이 반말에 불쾌한 눈치여도 격식을 갖춰서 포권과 함께 정중하게 인사를 했다.

그럼에도 상대방은 팔짱을 떡하니 끼고 불룩해 보이는 배를 출렁이고 서 있었다. 그의 말투처럼 얼굴에도 심술

보가 덕지덕지 붙어 있었다.

'생긴 것은 딱 저팔계네. 그래도 앞으로 빌붙어 먹으려면 잘 보여야지. 암, 그렇고말고.'

맛있는 음식이라면 얼마든지 비굴해질 수 있는 무열이었다.

"흠흠, 그런가? 내가 이 주방을 담당하는 숙수라네. 그럼 저쪽을 사용하도록 하게."

영 못미더운 눈치이지만 주방의 한쪽을 가리키면서 자리는 내주었다. 무열은 자리로 가기 전에 식재료들이 쌓여 있는 곳으로 다가가서 필요한 재료들을 챙겨보기 시작했다.

'재료를 챙겨볼까. 대파, 양파, 마늘, 간장, 후추, 생강, 돼지갈비, 정종이나 청주도 필요할 텐데 중국식 백주면 되겠지? 사과나 배에 설탕도 있어야 하고…… 몇 가지가 없네.'

스님들을 대상으로 한 음식을 만드는 곳이라서 그런지 육류 재료가 없는 것은 당연했으나 향이 강한 향신료들도 없었다. 무열은 방장스님의 이야기가 생각이 나서 옆에서 자신이 하는 행동을 하나하나 쫓아서 쳐다보고 있던 아까의 숙수에게 넌지시 재료를 부탁했다.

"죄송합니다만 몇 가지 재료를 부탁드려도 될까요?"

"그래. 뭔가?"

"돼지갈비와 한국식 간장, 백주(白酒)와 몇 가지 야채가 소량 있었으면 좋겠습니다."

"갈비에 백주라니! 아미타불. 아니 이곳이 사찰임을 잊었는가?"

대뜸 큰소리를 질러대는 숙수였다.

'에잇! 귀 따가워! 여기가 절인 거 누가 모르나. 그렇지만 난 까까중도 아닌데 말이야.'

무열은 스님도 아닌데 괜히 이런 대접을 받는다고 툴툴거리고 있었다. 그래도 그새 자신의 본심과는 달리 나긋하고 조용한 목소리로 부탁을 하고 있었다.

"저는 불제자가 아닌데다 방장스님께서 원하는 재료는 구해주신다고 하셨답니다. 부탁드리겠습니다."

"그런가? 쳇, 어쩔 수 없지. 재료를 구해줄 수는 있겠네만 저녁이나 되어야 할 걸세."

사찰에서 이상한 재료들을 요구한다는 눈치였지만 방장스님의 명령이 있어서 그런지 들어주는 눈치였다. 더욱이 무열이 무슨 재주로 요리를 하겠느냐라는 식의 비꼬는 표정이었다.

'흥! 만들고 나서 달라고만 해봐라!'

숯불갈비 냄새와 맛에는 당할 자가 없으리라는 무열의 생각이었다. 오늘 점심과 저녁은 푸른 초원 식단이겠지만 그것도 오늘까지만 이라는 생각에 절로 신이 나는 무열이었다.

'동생에게는 미안하지만 연락해서 김치랑 장아찌는 조금 보내달라고 해야겠군.'

이곳에서 담그기에는 시간이 너무 오래 걸리는 일이었다. 그렇게 생각을 정리하면서 식당으로 가려다 보니 달콤한 냄새가 무열의 발걸음을 멈추게 했다.

'엉? 저게 뭐지?'

무열이 고기 다음으로 좋아하는 주전부리인 호떡을 닮은 음식이었다. 노릇노릇 기름기 흐르는 자태와 달콤한 향기에 절로 가까이 고개를 숙이게 되었다.

'킁킁. 캬~ 기름지고 달콤하면서도 고소한 냄새!'

"흠흠, 이게 바로 유명한 소림팔보소(少林八宝酥)라네."

"무슨 음식인가요?"

"영지(靈芝)와 버섯(蘑菇), 흰목이(白木耳)를 비롯한 8가지의 진귀한 재료로 만들어진 피로와 장수에 좋은 음식이라네 만드는 방법은……."

언제 다가왔는지 바로 옆에서 자부심이 대단해 보이는 얼굴로 숙수가 설명을 하고 있었다. 그러나 무열에게 그의 설명은 이미 다른 세상 이야기였다. 입안에 가득 침이 고인 상태로 음식을 노려보며 무아지경에 빠져 있는 무열이었다.

'꿀꺽!'

"하나 먹어보려나?"

"네!"

대답과 동시에 바로 집어 들어서 입으로 가져가는 무열이었다.

우물우물.

"캬!"

"어떤가?"

"이거 맛나군요!"

"후후, 소림사 최고의 자랑이라네."

자신의 음식을 맛있다고 하자 그새 기분이 풀렸는지 배를 출렁이면서 웃고 있는 숙수였다.

'큭, 웃는 모습은 딱 제사상의 돼지머리군.'

사실 소림팔보소는 관광객들에게도 최고의 인기 상품 중 하나였다. 재료가 귀하다 보니 가격이 비싼 것이 흠이었지만 바삭하게 튀겨진 피를 베어 물면 느껴지는 여러 가지 향기와 고소함, 그에 어우러진 단맛은 단연 최고였다.

'이거 명물이네. 한국에 가져다가 팔아도 되겠어. 호떡보다 맛난데?'

이미 하나를 다 먹어 버린 무열은 영 아쉬운 표정이었다. 그러나 눈치를 보아하니 귀한 재료가 들어가서 소량

밖에 만들지 못한 듯해서 차마 하나를 더 달라고 하지는 못하고 발걸음을 떼지 못하고 있었다.

"이건 방장스님과 사숙님들 드릴 것이라서 더 이상은 안 되네."

무열의 불타는 눈빛을 봤는지 재빨리 쟁반을 통째로 치우는 숙수였다.

'에잇, 노인네 인심하고는, 하나만 주면 정 없어요!'

그러나 마음속으로만 외칠 뿐 아쉬움을 달래며 식당으로 발걸음을 옮길 수밖에 없었다.

오늘도 푸르른 식단이었지만 무열은 여전히 식판 가득 음식을 채우고 있었다.

자리에 앉으려고 이동을 하다 이상한(?) 기운에 무심코 한쪽을 바라보니 이미 텅 빈 식당에서 홀로 산더미처럼 많은 양을 마구 먹어치우는 녀석이 있었다.

'아까 그 멍청이잖아!'

현우는 밥을 먹고 있는 것이 아니라 자동으로 입안으로 쑤셔 넣고 있는 듯이 보였다.

'쯔쯔, 저거 알고 보니 식충이네, 식충이! 머리는 나쁘고 밥만 축내는 꼴이.'

그런데 왠지 마음 한편이 동질감(?) 비슷한 생각이 들면서 현우가 조금은 불쌍해 보였다. 자신 또한 가난한 어린 시절 푸성귀만 먹고 자랐던 기억이 떠올랐다.

'한창 자랄 나인데, 갈비 만들면 저 녀석부터 한 점 줄까?'

  소림사는 엄연히 절이고 육식을 금한다는 것은 생각도 안 하는 무열이었다.

  식사를 마치고 다시 연무장으로 향했다. 매일 오전에는 무열이 시범을 보여 다 같이 따라하는 연습을 하고, 오후에는 각자의 연습 시간을 가지기로 했다. 이제 현무와 현청을 포함한 스님들은 각자 연습을 하면서 문제가 있는 부분들만 무열에게 물어보고 있었다.

  그러나 단 한 명은 예외였다.

  "너는 특별히 별도의 훈련을 하도록 하겠다!"

  현우는 무열이 별도로 훈련을 시키기로 했다. 사실 특별한 콩고물이 있는 것도 아닌데 이렇게 나선 데에는 이유가 있었다.

  '잘되었다! 그렇잖아도 저들은 너무 잘한단 말이야. 이제 이 몸이 특별히 준비한 훈련 스케줄을 실험해 볼까? 흐흐흐.'

  일반인의 몸으로 무공을 배웠던 무열과 달리 여기 모인 스님들은 능숙하게 소림오권을 익히는 것이 불만인 무열이었다. 그래서 현우의 특별 훈련 생각만으로도 신이 나는 무열이었다.

"우선 동작을 모두 암기할 때까지는 한 동작마다 반복을 하고 틀릴 때마다 1단계로 저돌지(猪突地)를 실시한다!"

"저돌지요?"

현우의 목소리를 제대로 들은 것은 이때가 처음이었다. 무열은 반가운 마음에 친절히 설명을 하기 시작했다.

"흠흠, 저돌지란 자신의 미욱함을 탓하며 땅을 향해 있는 머리를 힘껏 돌진하는 기술을 말한다. 이때 자신의 모자람을 생각하는 마음의 크기로 부딪히는 것이다."

이것이야말로 유적지에서 자신이 당했던 가장 기본적인 교육(?)에 해당되는 것이었다.

귀신들의 몸으로는 무열에게 직접적으로 훈계를 내릴 수 없다고 판단한 그들의 작품이었다. 정확히는 신개의 작품이었다. 신개는 늘 그렇듯이 엉뚱함과 기발함에서는 그 누구도 쫓아갈 수가 없었다.

'땅에 처박는 속도나 세기가 조금만 약해도 난리가 났었지. 이게 무슨 저돌지야? 원산폭격이지.'

웃음이 나오는 것을 간신히 참으며 엄숙한 모습을 가장하고 가르침을 전하는 무열이었다.

"자! 그럼 처음에는 용권이다!"

무열은 시범을 보이기 시작했다.

파팟!

멋지게 신형을 날리며 용 한 마리가 춤을 추듯 때로는 포효하듯이 펼쳤다. 진정 용이 하늘을 날아서 용트림을 하고 불이라도 뿜어낼 기세였다.

"자! 따라해 보거라!"

그러나 현우에게는 처음부터 무리였는지 어느새 첫 동작을 끝내지도 못하고 꿈틀대는 이상한 벨리 댄스로 변질된 춤을 추고 있었다.

'푸핫! 이 녀석 물건이네. 그런데 뭐가 문제인 거지?'

"에잇! 그것이 용권이더냐? 토룡권이 아니냐? 어디 용이 몸을 꿈틀거리기나 하고! 그리 배배 꼬인 용도 있더냐? 저돌지 실시!"

무열의 말이 끝나기도 전에 바닥을 향해 우직하게 머리를 날리는 현우였다.

'짜식! 저거 너무한 거 아닌가?'

머리를 처박는 속도에 깜짝 놀란 무열이었다.

쾅!

둔탁한 소음과 함께 땅바닥에 머리를 박은 현우의 머리에서는 피가 배어 나오고 있었다. 분명히 통증이 엄청날 것임에도 신음 소리 하나 내지 않는 현우였다.

'미, 미쳤나! 저거 사고 나겠네!'

아무리 훈계용으로 벌을 주는 것이라지만 저러다 멀쩡한 아이 하나 골로 가는 것은 일도 아닐 것 같았다.

'아니! 무슨 요령이 없어! 요령이!'

급하게 가까이 다가간 무열은 현우를 일으켜서 머리의 상처를 살펴보고 있었다. 설마 뼈에 금이 가거나 뇌에 이상이 생긴 것은 아닌지 심하게 걱정이 되었다. 자신은 그저 교훈을 약간 주려고 했던 것이지 애를 죽이려던 것은 아니었는데 이렇게 되자 조금은 당황하는 무열이었다.

"아, 야프지 않더냐?"

"괜찮습니다."

피를 철철 흘리면서도 괜찮다고 말하는 현우를 보면서 무열은 답답함이 가슴을 눌렀다.

'휴…… 이걸 어쩌지? 훈계(?)도 마음대로 못하겠군. 단계별로 준비해 둔 것들이 잔뜩 있는데…… 쩝!'

실망으로 무열의 한숨은 깊어만 갔다.

그러나 무열의 그런 생각은 알지 못하는 듯 자신 때문에 스승인 무열이 곤란해 하는 듯 보이자 통증을 참고 벌떡 일어나서 괜찮다고 말하는 현우였다.

"괜찮습니다!"

그리고는 통증을 참기 위해서 일자로 꽉 다문 입과 찡그린 짙은 눈썹을 보니 성격만큼이나 생김새도 융통성이 없고 우직해 보인다고 생각이 들었다.

'어디가 괜찮냐? 피로 떡칠을 하고서는 쯔쯔…… 이녀석은 아무래도 힘들겠다고 말해 버릴까? 그래도 소림의

기대주라는데…….'

여러 가지로 씁쓸한 마음이 드는 무열이었다. 어린 나이라지만 상처받고 괴로워할지도 모른다는 생각이 들었다. 아무리 열 살이라지만 알 것은 다 아는 나이였다. 물론 자신이 특별히 구성한 훈련 계획을 제대로 할 수 없을지도 모른다는 안타까운 마음이 가장 컸다.

머리에서 출혈이 계속되자 무열은 현우의 옷을 찢어서 대충 지혈을 했다. 그리고 안 가겠다는 것을 강제로 아래쪽 소림사에 있는 의무실로 보냈다.

간단한 치료는 할 수 있는 시설이 소림사에도 나름 갖춰져 있었다. 예전처럼 대단한 규모의 의약원은 없었지만 학교의 학생들이나 관광객들의 부상을 고려해서 간단한 치료를 할 수 있는 시설은 갖추고 있었다.

그렇게 허무하게 저녁 수련이 끝나자 현우의 일은 그새 다 잊은 듯 무열은 재빨리 주방으로 달려갔다. 돼지갈비를 준비하는 중대한 일을 하기 위해서였다.

'우선 핏물을 빼고, 고기냄새도 제거를 해야 하는데…….'

핏물이 빠지고 나면 술을 소량 넣고 다진 생강과 마늘을 이용해서 고기냄새를 제거해야 한다. 그 후 여기에 과즙과 양파를 갈아서 넣으면 고기가 숙성이 되어 맛이 좋아졌다.

그런데 이 순서대로 하면 시간이 너무 걸렸다.

'급하니까 한번에 담가두고 있다가 밤에 한 번 더 와서 양념을 해야지. 그 정도만 해도 꽤 괜찮을 거야.'

밤에 다시 와야 했지만 그 정도의 수고로움 쯤이야 먹는 즐거움을 생각하면 아무렇지 않은 무열이었다. 노래까지 흥얼거리면서 갈비를 담가두고 저녁 식사를 한 후 기숙사로 내려왔다.

연결과 강철은 병원에 있는 상황이라서 그런지 방은 유난히 조용했다.

'괜히 기분이 이상하네.'

아무도 없는 상황에 혼자 방을 독차지 하는 것이 좋을 줄 알았지만 왠지 허전해지는 무열이었다. 괜히 전화기를 꺼내서 만지작거리다가 동생에게 전화를 해서 안부를 물어보고 김치와 장아찌를 부탁했다.

그리고 밤이 되자 뒤쪽 사찰로 향했다.

'지금쯤이면 핏물도 다 빠지고, 고기 냄새도 빠졌을 거야. 후후.'

즐거운 마음으로 내일의 양식을 생각하면서 사찰의 주방을 향해서 가려다 연무장 쪽의 이상한 소리에 발길을 그곳으로 옮겼다.

"현우 사형, 계속 그렇게 해서 뭐해?"

"맞아. 사형이 그런다고 할 수 있을 것 같아?"

"알려주기나 해."

"알려줘도 그새 다르게 해 버리잖아."

"사형 어깨 위의 머리는 폼이야?"

"……."

이제 보니 현무와 현청이 가르쳐 달라는 현우를 두고 놀리고 있는 듯했다.

아래로 처져 있는 꽉 쥐어진 주먹이나 한일자로 다문 입에서 현우가 얼마나 자존심이 상해하고 있는지 알 수 있었다.

'그래도 저 꼬맹이가 두 녀석의 사형이었구나. 그래도 사형에게 너무한데…….'

"한 번만 더 보여주라니까."

"그럼 마지막 딱 한 번이다?"

가장 암기력이 좋고, 센스가 뛰어났던 현청이 재빠르게 용권의 시범을 보여주고 있었다.

'호~ 나름 제법 폼이 좋은데…….'

현청은 역시 용권의 기본적인 동작들을 모두 외우고 있었다. 박력이나 힘은 부족해 보였지만 어린아이의 동작으로는 훌륭했다.

"그럼 우린 간다."

현청은 시범을 끝내자마자 현무를 데리고 자신들의 방

으로 가는 듯했다.

현우는 남아서 혼자 수련을 하려는지 그들이 사라지자 서서히 움직이기 시작했다. 하지만 그의 동작은 시작하자마자 어느새 이상한 동작으로 변해 있었다.

'쯔쯔, 또 틀리네. 틀려.'

"이게 아니던가?"

혼잣말을 하면서 끊임없이 계속 나름(?) 같은 동작을 하는 현우였다. 벌써 수십 번이 넘었지만 그의 동작은 좀처럼 나아질 것 같지가 않았다. 벌써 한 시간이 넘어갔지만 현우의 동작들은 점점 더 미궁으로 향하고 있었다.

무열은 그냥 주방으로 가서 중대한 갈비 프로젝트나 끝내야겠다고 생각하고 움직이려고 하고 있었다. 그런데 현우가 갑자기 땅바닥을 치고 울기 시작했다.

'어! 운다. 이걸 어쩌지…… 에잇! 짜샤! 사나이는 태어나서 세 번만 우는 거야!'

나가서 현우에게 뭐라고 하기에는 아직은 어리지만 꼬맹이의 자존심을 짓밟는 것 같았고 그렇다고 두고 보기에는 너무나 처참했다.

'돈도 안 되는 일인데 그냥 가 버릴까? 그런데 조금 불쌍하네. 쩝.'

과거 자신이 초등학교에서 한때 뚱보라고 왕따를 당했던 일들이 떠올랐다.

체육시간이면 달리기도 제대로 못하는 자신을 비웃던 친구들의 모습들과 비참해졌던 자신의 어린 시절 모습이 현우와 겹쳐왔다.

'그거 어떻게 한다고 했었지? 전음술(傳音術)이라고 했는데…….'

신개에게 배운 기억이 나서 시도를 해보았다. 내공을 이용해서 기파에 자신의 목소리를 실어 특정한 대상에게만 보내는 방법이었다.

—내 말이 들리나?

현우는 울다 말고 벌떡 일어나서 갑자기 주변을 황급히 두리번거렸다.

'생각보다 쉬운데, 이거 나중에 잘 써먹겠어. 후후.'

—네가 아무리 두리번거려도 안 보일 것이다.

놀란 표정이었지만 현우는 냉큼 일어나서 포권을 하면서 정중하게 공중에 대고 인사를 하고 있었다.

"안녕하세요. 어느 고인이신지?"

—어느 고인인지 알 필요는 없고! 너의 지금 무공을 수행하는 장면을 보니 잘못되어도 크게 잘못되었구나.

"네에……."

자신의 말에 풀이 죽은 채로 대답하는 현우를 보니 약간 웃음이 나오려는 것을 참았다.

역시 아직 아이인지라 순진했다. 무열이 전음으로 말을

건네도 의심하거나 겁을 내기 보다는 자신의 무공에 대한 이야기에 그새 풀이 죽은 것이다.

—용권을 하려는 모양인데, 용권이라고 함은 네가 실제 한 마리의 용이 되듯이 펼쳐야 하는데 너는 왜 자꾸 다른 동작을 넣느냐?

"동작을 안다면 해볼 수는 있는데, 할 때마다 손발이 자꾸 꼬이네요. 제…… 제가 기억력이 조금 안 좋아서요……."

말끝을 흐리며 대답을 했지만 자신이 기억력이 안 좋은 것을 스스로 알고 있는 현우였다. 기억력이 문제라면 힘들기는 하지만 동작을 외울 때까지 무한 반복을 계속한다면 가능할 수 있었다.

'뭐, 우리나라의 입시교육에도 비슷한 사례가 많지. 죽도록 반복해서 몸에 익힌다면 될 것 같은데…….'

다만 제대로 된 동작을 계속 볼 수 있어야 했다. 동작을 누군가 계속 보여줄 수도 없고 어떻게 해야 하는가 잠시 생각을 하던 무열에게 좋은 생각이 떠올랐다.

자신이 유난히 단어를 못 외울 때 무한반복으로 들었던 mp3처럼 소림오권의 동영상을 제작해서 주면 어떨까 싶었다.

'저 녀석도 휴대폰은 있겠지? 번호 따서 동영상 파일로 줘야겠다.'

요새 소림사에는 휴대폰 없는 스님들이 드물었다. 노트북도 심심치 않게 들고 다니는 것을 볼 수 있었다. 심지어 인터넷 시설도 생각보다 잘되어 있었다.

돈도 안 들고 그 정도는 쉬운 일이니 해주기로 마음을 먹은 무열이었다. 자살 위기(?)에 놓인 왕따 소년을 하나 구한다고 생각하니 쉬운 일이었다.

—너 휴대폰 있지? 전화번호나 불러 주거라. 그러면 해결책을 알려주마.

"진짜요? 감사합니다. 감사합니다!"

무릎을 꿇고는 고개를 계속 바닥에 쿵쿵 찧으면서 감사를 하는 현우였다.

'아이고! 다친 머리 덧나려고! 그만하고 전번이나 불러 이 녀석아!'

무슨 여인네 전번 따는 것보다 귀찮다고 생각하는 무열이었다.

—흠흠, 그런데 네 휴대폰 동영상은 되는 기종이냐?

"네, 눈탱이폰 가지고 있습니다. 번호는 135—2030—XXXX입니다."

'헉! 최신형 스마트폰인 눈탱이폰! 짜식, 꽤 잘사는 집 아들 데려온 거라고 하더니만…… 쩝.'

아직 구버전의 삼손폰 신세인 자신과는 하늘과 땅 차이었다. 스승보다 좋은 폰이라니 왠지 심술 나는 무열이었다.

'그나저나 이걸 모델은 누굴 시켜야 하나? 적당한 사람이 있어야 하는데…….'

우선 적당한 사람은 있다가 물색을 하기로 하고, 이제 잠시 잊고 있던 사랑하는 갈비를 위해 주방으로 달려가는 무열이었다.

현우는 그렇게 무열이 사라진지도 모른 상태로 계속 허공에 절을 하고 있었다.

주방에 들어서자 재빨리 양념을 준비하는 무열이었다.

'괜히 그 녀석 때문에 늦었네. 이놈의 무공 전수 프로젝트는 손이 많이 간다니까. 그래도 고기 냄새는 확실하게 제거되었겠군. 훗훗'

준비가 다 되자 냉장고에서 고기를 꺼내 혼잣말로 노래를 흥얼거리면서 심오한 양념의 세계에 빠져들었다.

"여러분 갈비는 뭘까요? 한국인의 영혼이다! 한국인의 소~울이다! 자! 그럼 한국인의 영혼이 가득한 음식!"

"차디찬 간장에 파란 대파~ 마늘에 묻혀 버무~려 버린 국물의 듬직한 갈비~ 생강을 갈비 위로 냄새가~ 연기처럼 피어오를 때, 사랑을 느끼면서 다가선 나를 향해 유혹을 던지면서 후추를 뿌려주며~ 찬!찬!찬!"

가요에 온갖 양념을 가사로 붙여서 이상한 노래를 혼자서 부르면서 야밤에 갈비에 양념을 하는 무열이었다. 어깨를 들썩이면서 엉덩이까지 실룩이며 흥을 내고 있었다.
그리고 잠시 후 다 끝내자 냉장고에 넣어두면서 흐뭇해하
고 있었다.

'자, 그럼 내일 먹어볼까나.'

그렇게 발걸음도 가볍게 기숙사로 돌아오는 길이었다.

그런데 현우에게 보내주기로 한 동영상 생각이 나자 갑
자기 무열은 발걸음을 방장실로 돌렸다.

'동영상 촬영은 빨리 해두는 것이 좋겠지.'

방장실에 노크를 하고 들어가자 마침 방장스님은 역근
경을 열심히 읽고 있는 듯했다.

"어서 오게, 소형제. 무슨 일인가?"

"다름이 아니오라……."

현재 현우의 문제점을 이야기하고 해결책으로 동영상을
줘서 암기에 도움이 되도록 하겠다고 전했다.

"그거 좋은 생각이구려. 그런데 여긴 무슨 일로?"

"촬영을 하려고 하니 아무래도 소림오권을 시연해 줄
모델이 필요하지 않겠습니까? 그래서 고명하신 방장님이
가장 적격이 아닌가 싶어서 찾아왔습니다."

'후후. 이렇게 띄워주는데 당연히 촬영한다고 하겠지.
그나저나 얼굴에는 복면이라도 씌워서 해야겠네.'

모르는 고인이 보내는 동영상인데 떡하니 잘 알고 있는
방장스님 얼굴이 나가서는 안 되는 것이었다.

"아무래도 현재 소림에서 가장 뛰어난 분은 방장님 아니시겠습니까? 과거에 스타였다는 이소룡보다도 멋진 장면이 나올 수 있다고 봅니다."

"허허! 그런가? 소림사의 자라나는 새싹을 위해서라면 빈도가 직접 시연을 하도록 하지."

세상에 아부를 싫어하는 사람은 없는 법이다. 더욱이 이소룡 이야기로 한껏 들뜬 방장스님의 모습이었다. 붉어진 얼굴에 휘어진 새우 눈은 이미 자신이 영화배우라도 된 듯 신나 있는 모습이었다.

"그럼 어떻게 하면 되겠나?"

"우선 현우에게는 모르는 고인이 보내는 것으로 되어 있으니 얼굴에는 복면을 사용하시고 해주시면 될 것 같습니다."

"그럼 그렇게 함세."

방장스님은 당장이라도 시작할 기세였지만 동영상의 배경도 현우가 모르는 곳으로 해야 하기에 밖에서 찍어야 할 듯했다.

"밖은 지금 어두운 밤이라 촬영이 힘들 듯 하오니 내일 새벽 5시쯤 잠시 산 중턱에 있는 공터에서 만나기로 하면 어떨까요?"

"그런가? 그렇게 함세."

연신 웃으면서 대답하는 방장스님은 정말 즐거워 보였

다. 이제 편안한 마음으로 기숙사를 행해 발걸음을 옮기는 무열이었다.

'흐흐, 난 역시 너무 착한 것 같아. 그래도 이것으로 그 꼬맹이가 제대로 암기할 수 있었으면 좋겠네.'

기숙사에서 잠을 청하면서도 내일 있을 촬영을 위해서 나름의 콘티도 짜보고, 자신의 야행복 세트를 의상으로 준비해 두는 무열이었다.

그리고 새벽이 되자 빠른 속도로 산 중턱의 공터로 갔다. 아직 5시가 되려면 조금 이른 시간이었다. 그러나 이미 공터에는 방장스님이 무열을 기다리고 있었다.

"이제 오나?"

"죄송합니다. 제가 늦었나 봅니다."

"아니네, 빈도가 잠이 안 오지 뭔가. 그래서 일찍 나왔다네."

'훗훗, 진짜 기대하셨나 보네.'

기다리고 있던 시간이 꽤 되었는지 방장스님의 옷자락은 아침이슬로 인한 습기가 가득했다. 무열은 준비해 온 야행복 세트를 내밀어서 갈아입도록 했다.

"여기 이 복장을 입고 촬영을 하셔야 합니다. 현우가 모르도록 해야 하니 말입니다."

"오! 그렇군! 역시 소형제가 주도 면밀 하구만. 의상도 준비를 해오다니. 빨리 갈아입도록 함세."

주변의 풀숲으로 들어가서 주섬주섬 옷을 갈아입는 방
장스님이었다. 그리고 다시 나온 방장스님의 모습은 무열
의 웃음보를 자극하기에 충분했다.

옷 사이즈가 무열에게 맞춘 것이라 그런지 방장스님의
체형을 전부 가릴 수는 없었다. 복면까지 세트로 차려 입
었지만 냉정한 살수의 느낌보다는 귀여운 느낌이 물씬 났
다.

'작은 키에 불룩한 배까지 굉장히 귀여운 곰돌이 닌자
같잖아. 정형돈에게 닌자 복장 입힌 거 같아. 큭큭큭!'

"험험, 어떤가?"

"너무 멋지십니다. 전설 속에 나오는 고수의 풍모가 엿
보입니다."

웃음을 최대한 누르면서 무열은 엄지손가락을 추켜세우
면서 방장스님에게 최대한 아부를 하고 있었다.

"그런가? 후후, 그런가? 소형제가 너무 빈도의 얼굴에
금칠을 하는구먼."

"아닙니다. 그럼 이제 촬영을 시작하도록 하겠습니다."

방장스님은 소림오권의 동작을 하나하나 정성스럽게 시
범을 보이기 시작했다. 원래도 동그란 체형에 동작을 부
드럽게 하는 모습이 더 귀여운 느낌을 주고 있었다.

'크크, 이거 진짜 대박 웃기다. 그런데 공부하는데 지장

은 없겠지? 뭐, 정확한 동작만 들어가면 되니까 괜찮겠지.'

중간에 혹시 동작이 틀리면 무열이 변경해 주면서 진행을 하고 있었다.

"방장님, 되도록 촬영이오니 폼을 더 크게 하셔도 됩니다. 그리고 기합 소리도 넣어주시면 좋겠습니다."

"알았네."

이얍!

합!!

바로 기합 소리와 함께 더 크게 포즈를 취하는 방장스님이었다. 촬영은 순조롭게 한 시간 정도 안에 마치게 되었다.

"수고하셨습니다."

"괜찮네. 이 정도 수고로움이야 우리 소림사의 새싹들을 위해서라면 얼마든지 할 수 있다네."

허허롭게 웃으면서 이야기를 하고 있는 방장스님의 표정에서 그가 아무리 즐겁게 촬영을 하겠다고 나섰지만, 마음속에 가진 소림사에 대한 애정이 얼마나 큰 것인지를 짐작할 수 있었다.

"방장님의 이런 희생이 있어서 현우도 앞으로 소림사의 큰 재목일 될 것이라고 믿습니다."

'진짜 그랬으면 좋겠군. 꼬맹이 녀석! 잘해줘야 할 텐데……'

방장스님은 다시 위쪽의 사찰로 돌아가고 무열 또한 기숙사에 들러 정리를 하고 올라가기로 했다.

'홋, 짜식 받아 보고 감동하겠지?'

어제 받아둔 전번으로 보내는 번호를 변경해서 동영상을 보내면서 기분이 뿌듯해지는 무열이었다.

5.
개방(丐幫)? 금방(金幫)!

아침의 동영상 촬영이 끝나고 부리나케 사찰을 향해 나
는 듯이 신법으로 산을 오르고 있는 무열이었다.

물론 아침 식사를 위해서 달려가고 있는 것이었다. 주
방으로 직행해서 재빨리 화로에 숯불을 피우기 시작했다.
예전에 아침부터 고기를 먹는 사람은 오빠밖에 없을 것이
라고 늘 투덜거리던 동생이 떠올랐다.

'히히, 갈비다. 갈비…….'

숯불이 어느 정도 안정이 되자 냉장고에 고이 모셔둔
갈비를 꺼내서 굽기 시작했다.

치이익― 착―

고기 굽는 소리가 나면서 향긋한 냄새가 진동하기 시작

했다.

'역시! 돼지갈비는 이 냄새가 아~'

무열의 입에는 침이 고이기 시작했다. 진동하는 냄새는 사찰 전체를 뒤덮고 있었다. 그러자 주방 쪽으로 하나둘 스님들이 모여들기 시작했다. 달콤하면서도 숯불에 구워진 향긋한 냄새가 온 사찰에 진동했다.

"이게 무슨 냄새인가?"

"아니! 이게 무슨 냄새지요?"

주방을 담당하는 스님들만 온 것이 아니라 달려온 일행들 중에는 방장스님을 포함한 다른 이들도 보였다.

'예전에 불도장(佛跳牆)이라는 음식이 있다고 하더니 돼지갈비가 성능이 더 좋은데. 흐흐.'

"안녕들 하세요. 제가 식사 준비를 하고 있었습니다."

"아! 소형제, 자네가 만들어 먹는다는 한국 음식 냄새였나? 그것 참 향기롭구먼."

그러나 딱 보기에도 육류로 보여 지는 음식을 보고 다들 불쌍한 표정들이 되어 있었다. 흡사 눈앞에 맛난 음식을 두고 간신히 참고 있는 강아지들과 같은 모습들이었다.

소림사는 절대적으로 육식을 금하고 있었는데 이렇게 향기롭고 좋은 냄새를 풍기는 고기 요리라니 이것은 그들의 불심을 시험에 들게 하는 것과 같았다. 거의 다 익어가자 냄새가 이제는 극에 달하고 있었다.

'달콤하면서도 향긋한 숯불 냄새가 캬~ 죽이는구나!'

"흠흠, 아미타불! 빈도는 이만 가보겠네."

"아미타불! 아미타불!"

방장스님이 대표로 물러서자 갑자기 다들 불호를 외치면서 주방으로부터 멀어지려고 애쓰고 있었다. 그러나 원래 주방에서 일을 해야 하는 스님들에게는 고역이 아닐 수 없었다.

"스님들은 역시 육식은 안 되겠지요?"

"당연히 안 되네!"

옆에 있던 숙수에게 질문을 건네 보았지만 말도 안 되는 이야기를 한다는 듯이 화를 내는 대답만 돌아올 뿐이었다. 하지만 연신 침을 꿀꺽 삼키고 있는 그를 보니 그 또한 고역스러운 모양이었다.

'뭐, 나야 혼자 먹어서 좋지만 다들 불쌍하네. 에잇! 다음에는 사찰 밖 산에서 혼자라도 먹어야겠네.'

그리고 식당으로 가기 불편한지 아예 주방에서 밥을 가져와서 화로 앞에 쭈그리고 앉아서 먹기 시작했다. 갈비가 구워지기 바쁘게 먹어 치우는 무열이었다. 뼈까지 쪽쪽 빨아먹고 있었다.

우걱우걱.

쩝쩝.

그런 무열을 보고 있는 주방의 스님들은 모두 군침을 삼키기 바빴다. 그러나 그들은 그럴 때마다 나지막이 불호를 외치거나 코와 귀를 틀어막고 있었다.

'왜 다들 남 먹는데 불호는 자꾸 외운데? 밥맛 떨어지게. 쩝. 진짜 불편하네.'

무열이 식사를 마치고 정리를 하자 다들 안심을 하는 눈치였다. 무열은 숙수에게는 잊지 않고 다음 요리에 필요한 재료들을 부탁했다. 그리고 앞으로는 요리를 해서 사찰 밖으로 가져가서 먹겠다고 말해두었다.

'저녁에는 닭볶음탕이나 먹을까나? 헤헤. 살맛이 나는구나~'

무열은 부른 배를 안고 이빨 사이에 낀 고기를 빼내면서 연무장으로 향했다.

오늘도 여전히 어제에 이어 수업이 시작되었다. 그리고 마찬가지로 현우는 여전히 버벅거리고 다른 이들은 일사천리로 진도를 나갈 수 있었다.

'동영상은 제대로 받았나? 뭐 몇 시간 만에 좋아질 수는 없겠지.'

그래도 오후 개인 연습 시간이 되자 현우가 계속해서 자신의 휴대폰을 꺼내서 보는 것을 알 수 있었다. 착실하게 매 동작마다 동영상을 보고 다시 반복하고 있는 것이었다. 그리고 무엇인가 열심히 기록도 하고 있었기에 옆으로 조용히 다가가서 구경을 했다.

'오호라~ 자신이 틀린 부분을 제대로 정리도 해두는 군.'

기억력이 나쁜 둔재이기는 해도 성실함에 있어서는 따를 자가 없을 듯했다.

그날 이후로 현우는 매일 밥 먹는 시간을 포함해서 심지어 화장실에서 힘을 쓰는(?) 시간까지 포함해서 동영상을 암기했다. 그리고 매일 밤 남들이 다 잠든 시간에도 홀로 연무장에서 연습을 했었다.

이얍!!

"이제 비슷한가?"

무열이 음식 준비로 밤에 연무장을 지날 때면 현우의 기합 소리와 동영상을 보고 혼잣말을 하는 소리가 들렸다.

'진짜 열심히군.'

실제 이 주 정도가 지날 무렵에는 현우의 동작도 다른 이들과 비슷한 수준이 되었다. 아마 얼마 지나지 않아서 어쩌면 현우가 소림오권에 있어서는 최고의 권위자(?)가 될지도 모를 일이었다.

'우공이산(愚公移山)이라고 하더니 딱 저 녀석 이야기네.'

이제 며칠 후에는 아이들의 혈도를 뚫어주는 일을 하기로 되어 있었다.

무열도 나름 연구를 해보고는 있었지만 그냥 내공을 불어넣어서 뚫기만 하면 되는 것인지 고민이 많았다.

'그나저나 하늘을 보니 비가 오겠어. 오늘 점심은 뭘 해먹지……'

요새는 무열의 식사 준비는 주방에서 하지만 먹는 것은 사찰 바로 밖으로 나가서 하고 있었다. 그런데 비가 오려고 하니 밖으로 나가서 먹는 것은 어려움이 많을 듯했다.

'그래! 그걸로 하자! 후후후'

결정한 무열은 부산을 떨면서 엄청난 분량의 감자를 갈았다. 그리고 호박과 부추를 썰고, 밀가루에 물을 넣고 섞고 있었다.

'그동안 음식 일로 미안한 것도 있고 한국의 음식 맛을 제대로 보여주지!'

아무리 사찰 밖에서 먹는다지만 늘 혼자서 맛있는 음식을 냄새까지 풍겨가면서 먹는 것이 솔직히 미안스럽기도 했던 것이었다. 물론 무열 자신이 너무 먹고 싶기에 하는 것이었다.

밖에는 이제 세차게 비가 내리기 시작했다. 하늘에 구멍이 뚫린 듯 장대비가 내리고 있었다.

빗줄기가 더 굵어질 무렵, 무열은 이제 본격적으로 감자빈대떡을 부치고 있었다. 빗속으로 고소한 냄새가 사방으로 퍼져 나갔다.

'비 오는 날은 역시! 이것이 최고지! 후후.'

"클클클, 냄새가 좋구나."

"……?"

어느새인가 웬 노인네가 주방에 들어와서 자신의 바로 뒤편에 서서 말을 하고 있었다.

그리고 그와 동시에 갑자기 자신이 만들고 있는 위대한 (?) 빈대떡 냄새를 망치는 비위 상하는 구린내가 어디선가 나고 있었다.

'어휴! 냄새! 이건 서울역에서 맡던 노숙자 냄새다!'

그것도 최소 일주일 정도가 아니라 몇 달 이상 씻지 않은 몸에서 나는 냄새라고 할 수 있었다. 술 취한 과객의 토사물 냄새와도 비슷하기도 하고 오래된 화장실의 암모니아 냄새와도 닮아 있었다.

'우—웩!'

차마 토할 수도 없고 코를 틀어막으면서 말을 하는 무열이었다.

"실례지만 누구신가요?"

"떽! 어르신을 봤으면 대접부터 해야지. 그 전병 같아 보이는 것이나 한 장 넘겨봐라."

밑도 끝도 없이 빈대떡 한 장을 내놓으라는 것이다. 무열이 느끼기에는 냄새의 근원지는 이 노인인 듯했다. 생김새로 봐도 이 노인이 분명했다.

검댕 칠을 일부러 한 것인지 아니면 탄광에서 일을 하는지 모르지만 몇 년은 세수를 안 한 듯한 얼굴, 그리고 누더기도 이 노인의 옷에 비하면 양반이라고 할 만한 옷차림이었다.

'노숙자도 이 정도면 킹!왕!짱! 노숙자네.'

이런 경우에는 재빨리 원하는 것을 내어주고 내쫓는 것이 상책이라는 것을 잘 알고 있는 무열이었다. 얼른 빈대떡 한 장을 옆에 쿠킹 호일에 담아서는 내어주는 무열이었다.

"여기 있어요! 할아버지. 대신 이거 가지고 그만 나가주셔야 해요."

딱!

"어디서 노인에게 나가네 마네야! 버릇이 없구먼. 쯔쯔쯔."

머리를 한 대 쥐어박은 노인의 손은 제법 매웠다. 그도 그럴 것이 독특한 손동작의 움직임 속에는 내공이 약간 실려 있었다.

'왜 때려! 엥? 이분! 내공이 있는 것 같잖아!'

지금까지 냄새에 취해서(?) 제대로 생각할 겨를도 없었지만 지금에서야 보였다. 이 노인은 분명히 무공을 제대로 배운 사람 같았다.

코를 틀어막은 상태로 노인을 훑어보던 무열은 이상한

느낌을 받았다. 생각해 보니 이곳은 진법으로 보호가 된 곳이다.

'노숙자가 어떻게 여기까지 들어왔지?'

벌겋게 모공이 커질 대로 커진 주먹코와 누덕누덕하고 찢겨진 옷가지, 떡이 진 머리를 대충 묶은 매듭이 눈에 들어왔다. 무열은 눈을 부릅떴다.

'서, 설마…… 개방!'

"그래? 이제야 알겠냐? 네가 나를 찾았다면서? 일부러 여기까지 먼 걸음을 했건만 그깟 전병이 아깝더냐?"

"안녕하세요! 권무열입니다."

"그래, 인사는 되었고. 그 전병이나 계속 구워."

무열은 코로 들어오는 냄새를 힘겹게 감당하면서 포권으로 인사를 하고 노인을 살펴보기 바빴다.

쩝쩝쩝— 쩝—

"먹는 거 처음 보냐? 그거 탄다! 빨리 뒤집어!"

노인의 지적에 재빨리 다시 빈대떡을 부치는 데 집중하는 무열이었다. 불쾌한 냄새로 집중이 힘들었지만 최선을 다해서 목표한 수량의 빈대떡을 만들어내는데 집중하고 있었다.

"재료가 온통 채소에 양이 많은 걸 보니 땡중들 것도 하는 모양이구먼."

"네, 그동안 신세진 것도 있어서 말입니다."

"그래, 그 성영이가 하도 칭찬을 해서 어느 너구리 새끼가 사기를 치나 보려고 왔더니 너구리는 아닌가 보군."

"개방분이 맞으시죠?"

"개방이라…… 쩝, 그래 개방이라고 하고 싶다만 이제는 다들 금방(金幇)이라고 부르더구나."

금방이라는 말을 하면서 기분이 안 좋은 듯 오만상을 찌푸리는 노인이었다. 그럼에도 연신 자신의 앞에 부쳐진 빈대떡을 가져가서 먹어 치우고 있었다.

"내가 바로 개방의 현재 방주인 홍삼포다. 네가 오대문파의 비전을 다 전수받았다고?"

"네, 그렇게 되었습니다."

홍삼포 입장에서는 무열이 개방의 무공을 배웠다고는 하지만 그저 전달해 주는 사람에 불과하다는 생각에 그다지 예를 갖추지 않았다. 물론 개방인들의 원래 성격답게 예의와 형식에 얽매이지 않는 것이 당연했다.

빈대떡이 마침 모두 완성되자 무열은 본격적으로 노인과 대화를 하기 시작했다. 그리고 지난 이야기를 전하고 개방의 신물인 타구봉이 북경의 금고 안에 안전하게 있음을 이야기했다.

홍삼포의 손가락에 끼워진 옥으로 된 굵은 반지는 확인해 보지 않았지만 분명히 신개에게 전해들은 타구봉과 한 쌍의 신물이 분명했다. 신물인 반지는 타구봉의 한 부분에 끼워 넣으면 맞도록 제작이 되어 수제자에게 주도록 되어 있는 반지라고 했었다.

그리고 홍삼포는 현재 약하지만 분명히 내공을 가지고 무공을 익히고 있는 몸이었다.

"우리 방도 탄압을 심하게 당했지만 거지라서 다행이었던 게야. 더욱이 정보가 우리의 힘이 되어 주었지. 그러나 그게 독이었어. 쯔쯔."

"독이라니요?"

"정보를 힘으로 돈과 권력을 쫓기 시작하더니 나중에는 어느 것이 먼저인지 알 수 없어졌다네. 이제는 우리 방에 남아 있는 개방의 전통 제자는 거의 없다시피 하네."

현재에는 오로지 부와 권력을 추구하는 무리가 되어 버렸다는 것이다. 무공 수련은 이미 그들에게서 멀어진 지 오래라고 한다.

개방의 방주가 되는 이들은 대를 이어 그나마 개방의 명맥을 유지하려고 노력하였지만 홍삼포 대에 이르러서는 이미 그러한 자들이 거의 없다시피 했다.

다들 편리한 생활에 익숙해지고 개방의 본분을 잊은 지 오래였던 것이다. 그들은 비싼 옷을 입고 깨끗한 곳에서 생활을 하면서 문명의 이기를 마음껏 즐기기 바쁘다고 한탄을 하는 홍삼포였다.

"원래 우리 방은 협(俠)과 의(義)를 가장 중요시한다네. 그래서 밑바닥 생활을 통해 서민의 아픔을 함께하고, 근검절약하는 생활 또한 중요하지. 그러나 현재는……."

갑자기 기운이 쫙 빠진 노인네처럼 어깨가 처치고 큰 한숨을 쉬고 있는 홍삼포였다. 하지만 그의 젓가락은 쉬지 않고 움직이고 있었다.

'그런데 개방의 본분이 씻지 않는 것이라면 그건 나라도 싫겠다. 빨리 대화를 끝내야겠어.'

계속 대화를 하고 있는 내내 홍삼포의 입 냄새에도 죽어가고 있는 무열이었다.

그래도 한편으로는 제대로 개방의 후예를 찾았다는 점에서 마음이 편해진 무열이었다. 다른 어떤 문파를 떠나서 신개에 대한 애정이 돈독한 무열이었다.

"제가 바로 움직일 수는 없겠지만 이곳 소림의 일이 끝나는 대로 바로 북경으로 가서 타구봉을 돌려드리겠습니다. 그리고 타구봉법 또한 전수해 드리겠습니다."

"젊은 녀석이 화통하구만. 그럼 고맙게 생각하겠네. 그런데 나를 부른 다른 이유가 있다고 들었네."

아마도 방장스님이 홍삼포에게 이야기를 전한 모양이었다.

"네, 다름이 아니라 대환단을 만들어보려고 합니다."

"쿵, 이야기를 들은 대로구먼. 그걸 진짜 만들려고 하나?"

"네, 소림사에 무공을 돌려주는 과정에는 꼭 대환단이 필요합니다."

'뭐, 사실 꼭 필요한 것은 아닐지도 모르지만 이렇게 해줘야 노인네도 급하게 생각해 주겠지.'

대환단은 사실 여기 소림사뿐만이 아니라 실제 생산이 가능해진다면 앞으로 이러한 상황에 있을 다른 문파에 사용할 수 있을 가능성도 컸다. 따라서 자신의 빚 갚기 프로젝트를 최대한 편리하게 끝낼 수 있는 물품인 것이다.

"대환단의 재료를 모으려는데 아무래도 정보가 필요할 듯해서 부탁드리려고 했습니다."

"자네 정말 젊은 녀석이 통이 크구먼! 대환단이라…… 클클클."

"재료들 있는 곳을 알 방법이 없을까요?"

"글쎄, 재료가 뭐가 들어가는지 우선 봐야겠지. 재료 목록을 가지고 있나?"

"네, 가지고 있습니다."

무열은 항상 가슴속에 고이 접어 가지고 다니던 대환단 제작 비법을 홍삼포에게 건넸다.

"음, 몇 개는 쉽게 구할 수도 있겠군. 그리고 나머지도 수소문하는데 시간은 그리 오래 걸리지 않겠지만 비용이 만만치는 않겠어."

"쉽게 구하실 수 있다고요?!"

리스트에 있는 물품들 대다수가 생소하고 귀해 보이는 것들인데 쉽게 구할 수 있다는 말에 놀란 무열이었다.

하지만 별일 아니라는 듯 빈대떡을 먹던 손으로 콧구멍을 후벼 파면서 심드렁한 표정으로 대답을 하는 홍삼포였다.

"젊은 녀석이 벌써 까마귀 고기를 먹었나? 아까 말했지 않나. 돈과 정보라면 우리 개방이 현재 최고라고. 여기 몇 품목들은 지금 당장도 충분히 구할 수 있는 것들이라네. 다만 몇 가지는 당장은 어렵겠어."

"그럼 그 귀한 재료들을 구입해 주신다고요? 그 정도만으로도 충분합니다! 나머지 재료들은 정보만 구해주셔도 좋습니다."

"뭐, 나머지도 어디쯤 있다는 정보 정도는 빨리 구할 수도 있을 것이네만……."

이미 공짜로 귀한 것들을 구해준다는 말에 정신이 반쯤 나가고 입이 헤벌쭉 벌어진 무열이었다. 그리고 그때부터 홍삼포의 몸에서 나는 온갖 냄새들 또한 갑자기 향기롭게 느껴지는 무열이었다.

'이 노인네 정말 화통하구나! 그래! 똥 냄새가 나더라도 모두 용서해 줄 수 있겠어! 크크.'

"빠르면 일주일 안으로 모두 구해질 걸세. 그리고 몇 가지 어려운 재료는 정보를 구해줌세. 방의 신물과 타구

봉법을 돌려주는 대가라고 생각을 하게. 그 정도의 가치
는 있는 물건과 무공이니."

"신물과 무공을 돌려드리는 것은 당연히 해야 하는 일
인데 그렇게 생각해 주시니 진정 감사드립니다."

"흠흠. 뭐 그 대신 나랑 거래 하나를 해줬으면 해."

"거래요?"

순간 몸이 흠칫 떨리는 무열이었다.

'거래! 또 무슨! 어쩐지 쉽게 무지 비싼 것들을 준다고
했더니만 부자라고 해도 쫀쫀하기는……'

거래라는 말에 유난히 민감한 무열이었다. 세상에 공짜
가 없다는 것을 잘 알고는 있지만 지금도 무지막지한 거
래로 묶여 있는 신세인지라 '거래'의 '거' 소리만 들어도
치를 떠는 무열이었다.

"별로 큰일은 아니고, 듣자 하니 어차피 자네 앞으로
다른 문파를 찾는답시고 정보가 많이 필요하지 않겠나?"

"아무래도 그렇겠지요."

"내가 해줌세. 현재 자네가 알다시피 소림사 외에는 다
른 문파의 행적은 사실 오리무중이라네. 오래전부터 알아
보려고 방 차원에서도 애를 썼네만 힘든 일이지……"

사실 홍삼포가 다른 문파를 찾기 위해서 애를 쓴 적은
있지도 않았다.

예전에 몇 대를 거슬러 올라가서 그러한 개방의 방주가

있었다는 이야기는 있었지만 자신의 대에서는 이제는 더 이상 그렇게 할 필요도 없었고 포기한 상태라고 할 수 있었다.

그럼에도 이렇게 이야기를 해서 무열의 관심을 끌고 있는 수작에는 이유가 있었다. 이를 알지 못하는 무열은 이미 홀딱 넘어간 상태였다.

"그럼 다른 문파를 찾아주시겠다고요?"

"흠, 뭐 다 찾을 수 있다는 것은 아니고 최대한 정보를 알아봐 주마 하는 것이지."

"감사합니다! 감사합니다! 신개님도 그랬지만 역시 개방의 선배님들이 대인배시군요!"

"대인배는 무슨…… 뭐, 우리 방이 원래 통이 좀 크지. 클클클."

거래고 뭐고 이건 무열에게는 쌍수를 들고 환영할 일이었다. 다른 문파의 행적을 찾는 것에 도움을 주겠다니 그것도 현재 최대의 금권과 정보를 가진 집단이라니 대환영이었다.

"그런데 거래 조건은 어떻게 되는지요?"

"뭐, 별것 아니네. 조금 과년한 딸년이 하나 있는데, 어릴 적부터 무공을 배우고 싶어는 하는데 영 소질이 없는 것인지…… 쩝. 이야기를 들어보니 자네가 사범에 뛰어난 자질이 있다고 하니 도움을 주지 않겠나?"

'엥? 딸을 가르쳐 달라고? 뭐, 어려운 일은 아니겠지만 뭘 가르쳐 달라는 것이지. 강룡십팔장(降龍十八掌)?'

개방에는 탁구봉과 방주에게만 전해진다는 봉법만을 전달해 주면 되는 것이었다. 더욱이 현재 개방은 방주의 말과 상태로 보건데 무공을 모두 잃어버린 상태도 아닌 듯했다.

사실 무열에게는 강룡십팔장을 알려주는 것은 아까울 것이 하나도 없었고 문제가 아니었다.

"어린 제 소견이기는 하나 현재 방주님의 상태를 보니 무공을 익히신 듯 하온데 따님께 어떤 무공을 가르치라는 것인지……."

"아! 개방은 내공심법이나 기타 무공들은 그래도 잘 내려오고 있다네. 방주에게만 전해지는 타구봉법만 전해지지 않았을 뿐이네. 그리고 무공들을 제대로 수련한 사람들이 없어서 문제인 것이지."

"그럼 왜 제가 사범을……?"

"그게…… 딸의 상태가 조금 특수하다네. 자네가 여기 소림사의 기대주인 현우의 문제도 잘 해결을 해줬다는 이야기를 들었네. 우리 딸의 문제도 해결해 줄 수 있지 않을까 싶네만…… 쩝."

"현우의 일은 별것 아닌 것이었는데요. 따님의 상태가 어떤지 알려주시면 시도를 해볼 수 있을 것 같습니다."

"그 그것이······ 하여튼 말로 하기는 뭐하니 나중에 직접 와서 봐주게나. 그리고 내가 덤으로 내공수련을 하는 방법도 알려줌세. 이야기를 들어보니 자네는 수련 방법을 모른다면서? 어떤가?"

홍삼포의 수작이 무엇인지는 모르겠지만 그저 가서 여기처럼 사범을 조금 해주는 것이라면 나쁘지는 않은 조건이라는 생각이 들었다. 더욱이 이제 내공 수련 방법이라는 떡밥도 던지고 있었다.

'더욱이 개방은 지금 부자라지 않는가? 숙식도 최고급이겠지? 꿀꺽.'

그리고 내공 수련 방법이야 각 문파마다 다르기는 해도 개방의 것이라도 알아둔다면 자신이 그렇잖아도 무공 전수 프로젝트에 문제가 되는 걸림돌 하나를 해결할 수도 있었다.

혹시 운이 좋아서 자신이 아는 지식과 개방의 방법을 조합해서 어느 문파에나 사용 가능한 새로운 내공 수련 방법을 개발할 수 있다면 좋은 일이었다.

"그럼 소림사의 일이 끝나고 신물을 가지고 들를 때 사범을 해보도록 하지요."

"그럼 거래는 성사된 거네! 역시 화끈해서 좋네. 내 우선 자네가 원하는 대환단 재료들 수급하고 정보를 알아보겠네."

"감사드립니다!"

포권으로 인사를 하면서 무열은 속으로 계산하기 바빴다.

'대환단 재료 공짜로 얻고, 정보 얻으니 좋고, 그리고 개방 문제 해결해서 좋고, 손해 보는 것은 가서 노인네 딸을 조금 조련(?)해 주는 것뿐인가?'

꽤 괜찮은 거래라고 생각하는 무열이었다.

그런데 말을 끝내고도 홍삼포는 나갈 생각을 하지 않고 흘끔흘끔 쌓여 있는 빈대떡을 무슨 어여쁜 여인네 바라보듯 쳐다보고 있었다.

"이거 몇 장 싸갈 수 있겠나?"

"아…… 네, 몇 장 포장해 드리겠습니다."

"흠흠, 성영에게 말해서 절간에 며칠 있을 거네만, 앞으로 음식을 만들거든 혼자 먹기 적적할 텐데 같이 먹어 줌세."

무열의 음식 솜씨에 반한 홍삼포는 소림사에 머무는 동안 무열의 음식을 얻어먹을 심산인 것이다.

'아니, 뭐가 먹어주는 거야? 결론은 얻어먹겠다는 거잖아.'

속마음은 그래도 웃으면서 포장해 주는 무열이었다. 포장된 빈대떡을 받자마자 밖으로 횡하니 사라지는 홍삼포였다.

무열은 이제 다른 빈대떡들도 접시들에 나눠 담으면서 스님들의 점심시간에 맞춰서 준비를 하고 있었다. 점심시간이 다가오자 숙수 또한 주방으로 와서 그러한 무열을 보게 되었다. 바로 옆으로 다가온 숙수는 궁금한지 질문을 퍼붓기 시작했다.

"그게 뭔가? 꼭 전병 같으면서도 많이 다른데?"

갈비 사건 이후로도 무열이 만드는 다양한 음식에 부쩍 관심이 많아진 숙수였다. 그 후로 무열의 아이디어로 콩고기를 이용한 불고기나 햄버거 요리도 할 수 있게 된 숙수였다.

"아, 이건 빈대떡이라고 한국식 피자입니다. 중국의 유병(蔥油餅;충요빙) 종류와 비슷하지요. 야채로만 만들어진 것이라서 스님들도 드실 수 있답니다."

"오호~ 그런가? 냄새가 좋네그려."

"그동안 제가 주방에 신세를 많이 진 듯해서 감사의 뜻으로 만들어 보았습니다."

"허허, 이제 보니 자네 사람이 되었구먼. 다들 좋아할 걸세."

숙수는 기분이 좋은지 신나는 발걸음으로 이 사실을 알리려고 식당으로 향했다. 마침 밖에 내리던 빗줄기는 더욱 굵어지고 있었다.

'이야~ 장대비에 빈대떡이라~ 딱이구나! 쩝, 인삼동

동주 한 잔이 생각나네.'

식당으로 들어선 스님들은 고소한 냄새에 다들 킁킁거리면서 자리에 앉았다.

"자자! 다들 여기 이 음식은 오늘 무열 형제가 특별히 만든 것이라네. 식사 전에 다들 한번 드셔보게."

"이것이 소형제가 한 음식이라고?"

"잘 먹겠네, 아미타불."

"감사합니다."

"별 말씀을요. 다들 맛있게 드셔주시면 좋겠습니다."

스님들은 모두 말이 끝나기 무섭게 젓가락을 놀리고 있었다. 순식간에 각자에게 배당된 한 장의 빈대떡들이 사라졌다. 숨 쉬는 소리도 들리지 않고 오로지 먹는 소리와 젓가락 소리만이 식당을 채우고 있었다.

우물우물.

쩝쩝.

달그락.

무열은 그런 스님들을 보고 조금 어안이 벙벙해 있었다. 그리고 옆에 있던 숙수도 당황해 하고 있었다. 숙수는 괜히 헛기침을 하면서 스님들의 정신을 되돌렸다.

"흠흠, 다들 소형제의 음식 맛이 어떤가?"

"진짜 맛있군요!"

"오호~ 바삭한 맛과 향기가 일품이로세."

"정말 맛있었습니다."

다들 오히려 양이 모자란 눈치였다. 사실 무열의 빈대떡 붙이는 솜씨는 특기라고 해도 될 만큼 뛰어나서 시간이 지나도 눅눅하지 않은 바삭함이 살아 있었다.

'후후, 이걸 어떻게 배운 건데, 당신들도 이제 비만 오면 생각이 날 게야. 그렇고 말고. 빈대떡 중독이 은근히 무섭거든.'

비만 오면 해물파전에 빈대떡, 전들이 생각나는 것이 한국 사람인 것이었다. 물론 동동주나 막걸리 한 잔도 빼놓을 수는 없었다.

바삭함을 유지하는 비법은 예전에 집 근처의 단골이던 종로 빈대떡집에서 욕쟁이 할머니에게 욕을 바가지로 들어가면서 배운 것이다.

'가게 밑천이라고 절대 알려주지 않으신다는 것을 배웠지. 흐흐흐.'

식사 시간이 끝나고 뿌듯한 마음을 가득 안고 기숙사를 향해 내려가려 발걸음을 옮기고 있던 무열이었다.

비가 많이 와서 연무장에서 수업이 없는 날이었다. 그런데도 연무장에서 소리가 나서 그쪽으로 향해 보니 현우가 세찬 빗줄기 아래서도 소림오권을 수련하고 있었다.

'역시 저 녀석이군…… 에휴.'

비가 오고해서 오늘은 하지 않겠지 라고 생각했지만 꼬

맹이는 역시 오늘도 연습을 하고 있었다.

'제발 그 정성이 하늘에 닿아서 최고가 되길 바란다.'

빗속에서도 연습을 하고 있는 현우를 버려두고 발걸음을 돌려서 재빨리 기숙사로 향하는 무열이었다.

오늘은 무열의 마음이 조금 급했다. 드디어 병원에서 퇴원한 연걸과 강철이 돌아오는 날이었다. 한 손에는 아까 미리 싸둔 빈대떡 보따리를 들고 있었다.

'후후, 좋아들 하려나?'

그렇게 생각을 하니 무열의 발걸음이 빨라졌다. 기숙사의 방문을 열자 역시 두 시커먼 남성들이 그를 반겼다.

"무열 형!"

"동생!"

'이제는 대놓고 형에 동생이군.'

속으로 말은 그래도 싫지는 않은 무열이었다.

"다들 이제 괜찮아요?"

"그럼 이제 괜찮지! 봐봐, 이제 거뜬하다고. 허허!"

"그리고 오늘 특별히 퇴원 기념 음식 가져왔어요."

괜히 알통 쇼를 하고 웃통을 벗어젖히는 그들을 앞에 두고 싸온 빈대떡을 풀어놓으면서 권하는 무열이었다. 사실 위에서는 공개를 안 했지만 슬쩍 이들만을 위해서 김치전도 몇 장 더 가져온 무열이었다.

동생이 보내준 김치를 아껴먹고 있는 무열에게는 황금

같은 김치전이었다.

"와! 처음 보는 음식이네. 이게 뭐예요?"

"응, 우리 고향 음식이야. 한 번 먹어봐."

연걸은 호기심 가득한 표정으로 한 점을 먹더니 그 다음에는 말도 없이 입으로 넣기 바빴다. 강철도 마찬가지였다. 둘의 젓가락은 눈부신 속도로 움직였다.

둘은 열 장은 될 그 많은 빈대떡을 순식간에 먹어 치웠다.

쩝쩝쩝.

끄—억—

무열에게 먹어보라는 소리도 없이 둘은 그렇게 소리만 요란하게 그릇을 싹싹 비웠다.

'병원에서 애들을 굶겼나?'

빤히 그렇게 먹고 있는 둘을 쳐다보는 무열을 이제야 눈치 챈 둘은 무안한 듯 말을 건넸다.

"흠흠, 이거 정말 맛있고만. 하하하!"

"진짜 최고네요!"

"그래, 이 음식이 특별히 배정된 숙수가 해준 것이라고 했나?"

"아…… 네."

자신이 요리를 하기는 했지만 그 과정을 모두 이야기하기에는 사연이 긴 듯했다. 나중에 차차 설명할 기회가 있을 것이라고 생각에 넘어가는 무열이었다.

둘은 이제 지루했던 병원 생활에 대해서 토로하고 무열의 특별 수업은 어떻게 진행되는지 궁금해 하고 있었다.

'하긴 저 성격들에 병원에 갇혀 있었으면 지루했을 거야.'

"퇴원하면 말하려고 했는데, 제가 두 사람을 특별 수업에 참여하게 해줄게요."

"지, 진짜요?"

"정말인가?"

"그럼 제가 거짓말하겠어요."

"오! 형이 정말 최고예요!"

"동생 정말 고맙네! 이 은혜 잊지 않겠네."

연걸과 강철은 무열의 손을 잡고 흔들면서 흥분한 듯 붉어진 얼굴로 너무나 기뻐하고 있었다.

일전의 일도 그렇고 이들도 어차피 소림의 제자임에는 틀림이 없었다. 차라리 이들이 그렇게도 원하는 무공을 제대로 배우는 길을 터주는 것이 무열이 그들에게 해줄 수 있는 최고의 선물이었다.

'그래, 그때까지 내공 문제가 해결이 되면 좋겠지만 아니라면 소림오권만이라도 가르쳐 줄 수 있다면 좋겠지. 나중에라도 맞고 다니지만 말았으면 좋겠네.'

그렇게 오랜만에 만난 남자들이 벌이는 수다의 밤은 깊

어갔다.

다음 날 무열이 뒤쪽 사찰로 갈 때에는 연걸과 강철도 함께였다. 이들에게도 역근경을 알려주고 소림오권을 전수해 줄 요량이었다. 물론 올라가서 방장스님의 허락을 얻어야 하고, 철저하게 비밀에 붙여야 한다는 것을 미리 둘에게 강조했다.

다행히도 방장스님은 오히려 그런 그들을 데려와 준 것을 기뻐했다. 소림사 입장에서는 이미 육체적 수련으로 잘 닦여진 이들이라면 충분히 소림사의 좋은 전력이 될 것이라는 생각이었다.

특히 무열과의 관계가 돈독한 것을 보아 이들이 자신들의 정식 제자가 된다면 그 끈이 이어지는 셈이라는 계산도 있었다. 이제 연걸과 강철은 정식으로 소림의 속가제자로 인정을 받은 셈이 되었다.

그렇게 며칠이 물 흐르듯이 지나가고 있었다.

이제는 주방에서 음식을 할 때면 홍삼포와 연걸, 강철까지 합세해서 무열을 쫄쫄 따라 다니고는 했다. 대신 사찰 밖에서 음식을 먹는 사람은 이제 더 이상 무열 혼자가 아니라 한 무리가 되었다.

"이야~ 이건 또 뭔가?"

"닭볶음탕입니다. 조금 매울 수 있습니다."

"매운 것이 대수인가? 이제 그 김치도 입에 딱 붙었는지 잘 먹지 않나. 클클클."

"무열 형, 먹어도 돼요?"

"아직 안 익었어!"

이미 수저를 냄비에 반쯤 담그고 질문을 하고 있는 연걸이었다. 무열이 꽥하고 소리를 지르자 아쉬운 듯이 그 수저를 입에 넣고 쩝쩝거리고 있었다.

'아이고, 무슨 아귀 집단 같구나.'

매일 최소 십 인분의 음식을 해도 이들 세 명은 게눈 감추듯이 먹어 치웠다.

'김치가 조금 있으면 동이 나겠네. 동생에게 미안하지만 다시 부탁해야지. 언제부터 내 신세가 이들의 식순이가 되었지…….'

크게 한숨을 쉬면서도 연신 조리를 하고 있는 무열이었다. 그래도 혼자서 먹는 것보다는 즐거운 식사 시간이었다.

"자, 이제 다들 드세요."

무열이 먹으라고 이야기를 꺼내자마자 냄비에서는 소리 없는 전투가 벌어졌다. 서로 더 많은 건더기를 가져가기 위한 사투가 벌어지고 있었다.

그때 홍삼포가 무열의 옆구리를 살짝 찌르면서 귓속말을 하고 있었다.

"그리고 밥 먹고 자네는 잠시 내 처소로 오게. 전에 이야기한 것들에 대한 정보가 들어왔네."

"네? 정말인가요?"

"그렇다네. 이왕이면 일전의 그 성영이에게 가져간 한국식 호떡도 간식으로 만들어서 가져오면 좋고~ 흠흠."

사실 연걸이나 강철에게는 아직 대환단이나 다른 문파에 대한 이야기를 다 하지는 않았다. 그래서 무열을 찌르면서 조용히 귓속말로 이야기를 하는 홍삼포였다.

연걸과 강철은 먹는데 집중하고 있어서 알지 못했다.

식사가 끝나자 정리를 하고 재빨리 홍삼포의 거처로 향하는 무열이었다.

'대환단 재료들 정보가 들어온 건가? 아니면 다른 문파들 정보도 있다면 정말 최고인데.'

노크를 하고 거처로 들어가자 홍삼포는 서류 같은 것들을 정리하고 있었다. 그러나 들어서는 무열의 빈손을 보자마자 홍삼포는 실망한 듯했다.

"에잉? 호떡은 없나?"

"제가 급하게 온다고 잊었네요. 대신 내일은 꼭 만들어드리겠습니다."

"그래? 그래야지. 쩝쩝. 그거 맛나더라고. 기름지면서도 바삭하고 달콤한 것이 우리 원조 호떡보다도 괜찮아."

'그놈의 먹성은 하여튼 노인네들이 더해요, 더해.'

일전에 방장스님에게만 한국식으로 만든 호떡을 만들어 준 적이 있었는데 어쩐 일인지 귀신같이 냄새를 맡고 와서는 하나를 맛보더니 그 뒤로 계속 조르고 있는 홍삼포였다.

"그럼 아까 말씀하신 정보는 어떤 것들이 들어왔는지요?"

"급하기는…… 쯔쯔, 여기 있네."

무열에게 시험 삼아 서류 뭉치를 내공을 써서 던져서 건네는 홍삼포였다. 낚아채듯이 쉽게 받아내는 무열에게 짐짓 놀란 표정이지만 아무렇지 않은 듯 곧 표정을 바꿨다.

무열은 서류를 읽어보기 바빴다. 대환단의 재료들 중 대다수는 구입을 할 수 있다고 되어 있었다. 물론 어마어마한 가격들이었다. 그러나 단 한 가지 혈안신묘로부터 얻어야 한다는 물품은 현재 없다고 되어 있었다.

"대다수가 엄청난 고가이군요."

"가격은 얼마가 되어도 괜찮다네. 사실 소형제, 개방에서 돈을 많이 가지고 있다는 것은 죄악이라네. 과거 개방에서는 모든 부와 명예를 버려야만 방에 가입을 할 수 있었다네."

평소의 그답지 않게 느릿하고 침울한 분위기로 말을 이어가는 홍삼포를 보니 현재 개방을 얼마나 애통해하는지 알 수 있었다.

"개방이 최고의 부자 집단이라니! 이게 말이 되는가? 아무리 지들이 나름 기부를 하고 어쩌고 한다지만 그건 아니지. 잘되었네. 이 기회에 방의 자산을 한 번 탕진해 보려네. 클클클."

사실 말은 그랬지만 대환단 재료들을 모두 구입을 한다고 해도 가산 탕진은 어려울 정도의 부를 가지고 있었다.

홍삼포 또한 방주의 직책을 맡으면서 모든 부를 포기해야 한다고 생각은 했지만 실제 현실에서는 쉽지 않은 일이었다. 특히 자신이 현재 개방에서 그나마 절대적인 명령권을 가지고 세를 부릴 수 있는 힘도 결국 자신이 가진 돈에서 나오는 것이나 다름이 없었다.

"그래도 감사드립니다. 타구봉이나 봉법을 전달하는 것에 비해서는 과분한 대가가 아닌지 모르겠습니다."

"괜찮다네. 대신 그때 말한 우리 딸년 사범이나 나중에 잘해주게."

"네, 알겠습니다. 그런데 여기 혈안신묘로부터 얻는 것은 무엇이기에 구하기 어려운 가요?"

"그게 참 어렵지. 혈안신묘는 붉은 눈을 가지고 있는 고양이라고 전해진다네. 그 눈으로 뭐든지 꿰뚫어보는 능력을 가지고 있다고 전해지는 영물이지."

"고양이요?"

"그렇다네. 사실 그 녀석이 사는 곳도 찾기 어려운데 필요한 약재는 그 녀석이 구엽자지선란(九葉紫芝仙蘭)이라는 귀한 난초를 먹고 배설한 똥이라네."

"똥이요?!"

'물품 리스트에는 이것만 구할 수 없다더니 고양이 똥이었어?'

무열은 이야기를 들을수록 황당했다. 붉은 눈의 고양이야 구하려면 있지만 뭐든지 꿰뚫어 보는 눈이라는 둥 듣도 보도 못한 난초를 먹고 싼 똥이 필요하다니 어처구니가 없었다.

"그렇다네. 그 난초도 무척이나 귀한 것인데 그것을 먹고 싼 똥이라니…… 쩝, 혈안신묘가 살 만한 곳은 수소문을 통해서 대충 곤륜산맥(崑崙山脈) 어딘가가 아닐까 짐작은 하고 있네만……."

"곤륜산맥이요?!"

"그래도 범위를 꽤나 좁혀서 운남성(雲南省) 중전(中甸)에서 가까운 곳이 아닐까 생각하고 있네."

"샹그리라(香格里拉)군요!"

중국을 좋아하는 무열이 모를 리가 없는 곳이었다. 과거 유명한 소설 속의 배경이 되어 이름까지 개명한 지역이었다.

'멀기도 하네. 거기까지 가서 똥을 받아와야 해? 찾을

수나 있는 건가?'

"자네도 알겠지만 그 산이 보통 험한가? 아직도 탐사하지 못한 곳도 많은 곳이라네. 그래서 그곳 토박이들에게 소문만 무성하니……."

그래도 단 한 가지 재료가 부족해서 못 만든다니 아까운 일이었다.

'갔다 와야 하나…… 쩝. 뭐, 내공도 있고 그깟 산타는 게 힘들기나 하겠어.'

대환단을 만드는 일은 소림사뿐이 아니라 다른 문파의 내공이 없을 경우에도 요긴한 일이었다. 더욱이 계약 조건상 무공을 사용할 정도로 만들어줘야 하는 일이니 여기서 어느 천재가 역근경을 스스로 익힐 때까지 기다리는 것보다 빠를지도 몰랐다.

아무리 홍삼포가 전해주겠다는 개방의 내공 수련법을 알게 된다고 해도 자신이 빠른 시간에 어느 문파나 상관없이 익힐 수 있는 내공 수련법을 개발할 수 있을지도 의문이었다.

'하지만 단 한 가지만 구해오면 되는 거잖아. 그깟 똥 하나면 앞으로 다른 문파가 내공 없어도 만사형통이라고…… 아차! 그런데 여행 경비가 들 텐데…….'

샹그리라는 소림사에는 먼 곳이었다. 더욱이 하루 이틀도 아닌데 경비가 만만치 않게 들어갈 것이었다.

"제가 다녀올 수는 있겠지만…… 그런데 경비가 문제가 되겠네요."

"진짜 자네가 갈 텐가? 산도 험하고 넓어서 특수부대 출신 녀석이든 돈으로 부릴 수 있는 녀석들을 아무리 투입해도 결과가 없을 것 같았는데 괜찮겠나?"

"괜찮습니다."

"그럼 되었네, 경비도 원하는 대로 내어줄 테니 얼마든지 이야기하게."

'앗싸! 경비를 원하는 대로라고! 헤헷. 애들 혈도 뚫어 놓고 나면 바로 갔다 와야겠네. 뭐, 여행 다녀오는 셈 치지. 그곳도 여행 계획에 있던 곳이었으니까. 후후.'

사실 중국 여행을 계획하면서 샹그리라를 빼놓았을 리가 없는 무열이었다. 내심 자신이 가고 싶었던 곳을 공짜로 갈 수 있게 되었다면서 좋아하고 있는 무열이었다.

이미 무열의 머리속에서는 험한 산에서 혈안신묘를 찾아야 하는 어려움 따위는 멀리 날아가 버린 지 오래였다.

"그런데 다른 문파들 정보는 어떻게 되었나요?"

"쩝. 그게 사실 아직도 아무 소식이 없네. 그 부분은 오래전부터 노력하고 있었지만 결과가 없었는데 하루아침에 되겠나?"

최근 홍삼포도 나름 최선을 다해서 정보를 모았지만 다른 문파의 행적은 알 수 없었다. 시간이 오백 년이 흐르기도 했고 그들이 그 당시의 탄압을 피해서 어디로 갔는지 누군가에서 알려주고 갔을 리도 만무했다.

그나마 화산, 무당, 아미에는 각기 문파가 있던 자리에 아직도 엄청난 규모의 사찰과 사원들이 남아 있으니 수소문을 하다 보면 무엇인가 알 수 있으리라는 기대를 하고 있었다.

"그럼 우선 대환단 문제부터 해결을 하면 되겠네요. 혹시 이왕 도움을 주시는 것 한약 분야에 뛰어난 명의도 한 사람 구해주실 수 있으신지요?"

무열은 재료들을 모아와도 막상 만들 사람이 필요하다고 생각했다. 자신이 가지고 있는 비법에 있는 대로 한다고 해도 제대로 만들어질지 의문이라 이왕이면 이쪽 분야에 정통한 사람이 필요했다.

"그렇잖아도 자네가 찾을 듯해 그쪽은 미리 정해두었네. 걱정하지 말게. 재료들만 갖춰진다면야."

"역시 대단하십니다."

'개방의 신개도 그렇고, 이쪽 분들이 눈치는 보통이 아니란 말이야.'

"그나저나 진짜 자네 혼자 가려나? 그쪽까지 가는 길은 험하지 않으나 그 산이 워낙 험해서……."

"괜찮습니다. 제가 이래 보여도 꽤 튼튼합니다."

"오대문파의 비전을 다 전수받았다고 하니 한가락 하기

는 하겠네만. 하여튼 그럼 일은 그렇게 진행하도록 하지."

'빨간 눈의 고양이 한 마리 찾는 게 그리 어렵겠어? 신법으로 뒤지면 쉽게 찾겠지. 찾아서 똥이나 주워 오면 되는데 뭐.'

이미 혈안신묘쯤은 걱정이 되지 않았다. 고급 호텔과 뷔페만을 상상하고 신이 나 있는 무열이었다.

'여행비로 얼마나 달라고 해야 할까? 갑부라니까 많이 달라고 해야지. 이번 기회에 퍼스트 클래스도 타보고 맛있다는 것들은 다 사먹어야지! 후후.'

더욱이 홍삼포의 도움이면 다른 문파들 소식도 쉽게 알 수 있으리라는 희망의 나래를 펼치고 있었다.

'아이들의 혈도를 뚫어주는 일만 끝나면 신나게 여행을 가는 거야!'

무열은 자신도 모르게 흥이 나서는 노래를 부르면서 기숙사로 향하고 있었다.

6.

뚫어뻥!

기숙사에서 일찍부터 뒤쪽 사찰로 올라간 무열은 방장실 안에서 초긴장 상태였다. 오늘은 아이들의 혈도를 뚫어주는 시도를 하기로 한 날이다. 미리 아이들에게 단단히 일러두었지만 쉬운 일은 아닐 것이다.

　개방의 방주씩이나 한다는 홍삼포도 자파의 내공 수련 방법은 알아도 아직까지 타인의 혈도를 뚫어주거나 하는 일은 알지 못한다고 했다.

　'하긴 그의 가진 내공이라고 해봐야 고작 십 년 수련한 양은 되려나?'

　즉, 과거 고수가 임독양맥(任督兩脈)을 타동해서 생사현관(生死玄關)에 드니 하는 소리는 현재에는 모두 헛소리라는 이야기였다.

무열의 생각에는 결국 최대한 내공의 양을 잘 조절해서 주입하고 길을 내어주는 방법 밖에는 없을 듯했다. 그런데 과연 어느 정도의 내공의 양으로 해야 하는지 감도 잡히지 않았다.

아무래도 신중을 기하는 일이라 방장실 내부에서 진행을 하기로 했다. 현재 방장실 내부에는 방장스님과 홍삼포 외에는 아이들과 무열뿐이었다.

"절대로 소리를 내거나 움직여서는 아니 된다! 알겠느냐?"

홍삼포와 방장스님까지 머리를 맞대고 회의를 한 결과 혈도를 뚫는 동안 움직이거나 소리를 내면 기가 흩어지거나 잘못된 방향으로 기가 흐를 수 있어 위험이 있을 수 있다고 결론을 내렸다.

따라서 내공을 주입해서 혈도를 뚫어줄 동안 아이들은 움직이거나 소리를 내지 않아야 하는 것이다. 혼혈을 집어볼까도 생각했지만 그렇게 하면 점혈 상태라 기를 움직이는데 문제가 생겨서 제대로 할 수 있을지 의문이었다.

'잘되어야 할 텐데……'

우선 처음은 가장 자질이 뛰어난 현청부터 시행을 하기로 했다. 현청도 긴장한 듯이 보였다. 무열의 앞에 앉은 녀석의 얼굴은 잔뜩 굳어 있는 모습이었다.

"그럼 시작한다! 절대 입 밖으로 소리를 내거나 움직이지 말거라!"

현청과 손바닥을 마주하고 손을 댄 무열은 자신의 내공을 가늘고 약하게 주입해서 우선 십이경맥(十二經脈)의 가장 기본이 되는 수태음폐경에서부터 움직여 가기 시작했다. 이 수태음폐경이 바로 손에 있었기에 이러한 방법으로 시도를 하기로 했다.

이때의 경로는 정해진 순서로 이동을 해야만 했다. 순서에 어긋남이 있거나 문제가 있으면 안 되는 것이다. 만약 제대로 십이경맥을 모두 관통하게 된다면 고리를 이루고 순환을 시킬 수 있었다. 이 십이경맥만을 모두 관통시켜도 내공을 순환시키고 사용하는 데에는 큰 문제는 없었다.

만약 기경팔맥(奇經八脈)이라고 해서 독맥(督脈)·임맥(任脈)·충맥(衝脈)·대맥(帶脈)·양교맥(陽蹻脈)·음교맥(陰蹻脈)·양유맥(陽維脈)·음유맥(陰維脈)의 8종을 더 관통시키게 된다면 십이경맥을 도는 기가 더 원활하게 돌아갈 수 있어 높은 수준의 무공 사용이 가능했다.

그런데 십이경맥에서 겨우 두 번째 단계에 들어서자 현청은 몸을 부들부들 떨기 시작했다. 심한 통증이 밀려왔던 것이다. 무열이 보기에도 심하게 아픈 듯이 보였다.

'아이고! 내공을 더 약하게 해야 되나?'

자신의 내공으로 타인의 몸속의 길을 찾아서 돌리는 것도 어려운데 그것을 실처럼 가늘게 세기를 조절한다는 것이 보통 일이 아니었다.

무열의 이마에도 어느새 땀이 맺혀 있었다.

그러나 결국 현청은 소리를 낼 수밖에 없었다. 이를 악물고 통증을 참는 듯이 보였지만 한계였던 것이다.

"악!"

비명 소리와 함께 앞으로 쓰러진 현청이었다. 놀란 무열은 자신의 앞으로 꼬꾸라진 현청을 일으켰다.

"괜찮으냐?"

'설마 반병신된 거 아니지?'

자신의 실수로 잘못된 것은 아닐까 싶어서 노심초사하는 무열이었다. 현청의 입가로 핏물이 소량 흘러나오고 있었다.

"괜찮은 게냐?"

"야! 애 잡은 거 아니냐?"

뒤쪽에 서 있던 방장스님과 홍삼포도 뛰어와서 현청을 돌보기 바빴다. 무열이 급하게 맥을 짚어보니 크게 문제는 없어 보였지만 자신의 얄팍한 지식으로는 알 길이 없었다.

"쿨럭…… 괜찮습니다. 그저 소승이 모자라 통증을 참을 수가 없었습니다."

"괜찮은지 알 수 없으니 우선 의무실로 당장 보내도록 하지요."

"그렇게 하지."

통증이 심할 텐데도 일어나서 고개를 숙이면서 사과를 하는 현청이었다. 말을 할 수 있고 일어설 수 있는 것으로 봐서는 큰 문제는 없는 것 같지만 걱정이 앞서는 무열이었다.

현청은 방장스님의 부름으로 밖에서 대기 중이었던 스님들에 의해서 의무실로 급하게 내려가게 되었다.

이제 남아 있던 현무와 현우의 낯빛이 더욱 안 좋아졌다. 불안한 무열도 계속 진행을 하기에 두려움이 앞섰다.

"계속해서 진행을 할까요?"

"그만두고 그냥 새로운 내공 수련 방법이나 개발하는 게 좋겠어."

아무래도 걱정이 되는지 말리는 홍삼포였다. 그러나 방장스님은 침울한 얼굴이 된 상태에서도 침착하게 아이들에게 의사를 물어보고 있었다.

혈도가 막혀 있으면 아무리 대환단을 먹인다고 해도 내공을 사용하는 데에는 문제가 있었다. 그렇다고 스스로 깨우침으로 내공을 얻어서 혈도를 뚫는 것이 가능한 이가 몇이나 있겠는가?

물론 홍삼포 같은 사람도 혈도 전체가 뚫려 있는 것이 아니었다. 그래도 최소한 기본적인 십이경맥은 열려 있어서 어느 정도까지의 무공을 사용하는 데에는 지장이 없었다. 그러나 그러한 결과는 어린 시절부터의 기나긴 내공 수련을 통해서 얻어진 것이었다.

"너희들이 선택하도록 해라. 소림이 너희에게 너무 큰 짐을 지우는 것 같구나. 아미타불."

"괜찮습니다. 제가 하겠습니다."

겁먹은 표정으로 아무 대답이 없던 현무와 달리 현우는 분명히 겁이 날 것임에도 굳은 의지를 가진 눈빛으로 방장스님과 무열을 똑바로 바라보면서 말했다.

'야! 이거 잘못되면 어쩌라고.'

사실 무열은 현청이 쓰러져 핏물까지 토하자 조금 겁을 먹은 상태였다. 이제 그만두자고 했으면 했는데 자신이 해주겠다고 나선 일이니 쉽게 말을 꺼낼 수는 없었다.

그러나 언제나 문제인 저 꼬맹이는 기어코 사고를 치고 있었다.

"역시 소림사에서 네 기상이 가장 뛰어나구나. 대신 너무 아프거나 힘들면 재빨리 그만 멈추도록 말을 해라."

방장스님은 현우가 자랑스러운 듯했다. 하지만 다치게 할 수는 없는 노릇인지라 걱정을 가득 담아서 말을 하고 있었다.

"다시 부탁하네. 소형제."

방장스님은 다시 부탁한다고 말하면서 무열의 어깨를 슬며시 토닥였다. 왠지 간절한 눈빛을 보내오는 방장스님을 보니 걱정이 앞서는 무열이었다.

'에잇! 기상 좋아하시네. 똥배짱이지. 바보 녀석! 하여튼 항상 바보들이 문제라니까.'

속으로 말은 그렇게 해도 최선을 다해서 다시 잘해봐야겠다 라고 생각하는 무열이었다. 이 꼬맹이를 반병신을 만들거나 죽게 할 수는 없는 노릇이었다.

앞에 다시 자리 잡고 마주 앉은 현우를 보니 한숨부터 나오는 무열이었다.

'부처님, 하나님, 천지신명과 모든 신들 중 한 명이라도 이 순간에는 도와주십시오. 그동안 나름(?) 착한 일 많이 했지 않습니까?'

마음속으로 온갖 신들에게 빌면서 현우의 손바닥에 손을 가져갔다. 그리고 아까와 마찬가지로 혈도를 통해서 자신의 내공을 소량씩 주입하고 있었다.

'제발!'

잠시 후 현우 또한 통증이 몰려오기 시작했는지 약간

부들거리는 듯이 보였다. 그러나 이를 악물고 참는 듯이 보였다.

'꼬맹아! 조금 만 더 참아!'

그렇게 약 삼십 분이 더 흘렀다. 무열의 이마에서도 땀이 비가 오듯이 흐르고 있었다. 이제 십이경맥을 모두 지난 기의 흐름은 기경팔맥을 향하고 있었다.

통증이 더 심해진 듯 이제는 자신의 손에까지 현우의 떨림이 느껴지고 있었다. 계속해서 미세하게 기의 이동을 조정하고 있는 무열도 힘들기는 마찬가지였다.

'그래! 이놈! 제발 죽지만 마라!'

다시 한 시간쯤이 되어서야 드디어 기경팔맥을 모두 지난 기가 이제 현우의 몸 전체를 관통하여 고리를 만들어 냈다.

'됐다! 완성이다!'

무열은 초죽음이 되어서 뒤로 나가떨어지면서 손을 뗐었다. 그러나 앞의 현우가 신음 소리도 없이 쓰러졌다.

퍽!

"현우야!"

"꼬맹아!"

방장스님과 무열은 소리를 지르고 현우에게 다가갔다. 무열이 채 현우를 안아들기도 전에 어느새 방장스님이 재빨리 현우를 일으켜서 품에 안았다.

"괜찮으냐?"

"괜찮습니다. 방장님."

다 죽어가는 얼굴로 괜찮다고 말하면서 끝까지 예의 차리는 녀석을 보니 괜찮기는 한 모양이었다.

"정말 괜찮으냐?"

"네, 그저 약간 아팠을 뿐이옵니다."

'짜식! 거짓말은! 무지 아팠을 건데. 얼굴 푸르딩딩한 거 봐.'

그러나 성공한 듯해서 기분이 좋은 무열이었다. 현우라는 녀석이 둔하기는 해도 뚝심! 하나는 역시 최고인 듯했다. 다시 녀석을 보게 되는 무열이었다.

"그래, 훌륭하구나. 이제 소림의 무공을 이어가는 것은 네 어깨에 달렸다. 아미타불."

"성영 축하하네. 그래도 모든 혈도를 다 뚫은 녀석이라니 기재가 아닌가? 이제 내공만 갖춰지면 천하의 고수가 될 걸세."

"그런가? 이제 소림사에서 천하를 내려다보는 고수가 나오는 건가?"

왠지 감격에 겨운 듯이 회환이 깃든 얼굴로 웃는지 우는지 알 수 없는 얼굴이 되어버린 방장스님이었다.

이제 내공을 쌓을 수만 있다면 현우는 진정 제대로

무공을 할 수 있는 소림 최고의 제자가 되는 것이었다. 물론 역근경을 제대로 수련할 수만 있다면 최고일 것이다.

'저 둔한 머리에 역근경은 역시 무리겠지만…….'

최소한 소림오권이라도 제대로 내공으로 구사할 수 있게 되는 것만으로도 현재의 소림에 있어서는 경사일 수 있었다.

"과찬이십니다. 앞으로 더욱 정진하겠습니다."

일어나서 포권을 하며 깍듯이 겸손한 태도로 인사를 하는 현우였다. 그러나 지친 무열은 일어설 힘도 없었다. 장시간의 긴장과 내공 운용으로 지친 무열은 이제 그저 쉬고 싶은 마음뿐이었다.

'젠장, 힘은 내가 썼는데 왜 칭찬은 저 꼬맹이가 다 받아?'

왠지 섭섭해지는 무열이었다. 힘들게 몸을 일으켜 세워서 내려가려고 인사를 건넸다.

"저도 이만 내려가서 쉬겠습니다."

"아미타불! 이번 일에 공로는 소형제 자네가 가장 크네! 자네는 정말 소림의 은인이로세. 역시 태사숙조라는 이름에 어울리네."

"아닙니다. 그저 해야 할 일을 했을 뿐입니다."

그래도 방장스님이 그나마 무열을 챙겨주는 것 같아서

마음이 조금 풀어진 무열이었다. 그런데 옆에서 보고 있던 홍삼포는 갑자기 무열을 뜨악하게 만드는 발언을 하고 있었다.

"흠, 거 시간되면 우리 방파 애들도 몇 뚫어주면 안 되나?"

'헉! 이런 미친! 이걸 또 하게. 내가 무슨 뚫어뻥이야? 약이라도 사다 부어 줄까 보다!'

"아무래도 제 자질이 부족해서 두 번은 어려울 듯합니다. 이번에도 현청을 다치게 하지 않았습니까? 현우의 성공은 하늘이 도와준 덕분입니다."

말은 번지르르하게 하는 무열이었지만 절대 이 짓을 다시 할 리가 없었다.

아무래도 소림사에 현우 같은 기재가 만들어지자 샘이 나는 홍삼포였다. 그러나 개방은 아직 내공 수련도 할 수 있었고 무공도 할 수 있는 것이 분명했기에 무열이 그런 무리를 할 리가 절대 없었다.

"쩝, 그렇군. 아까운걸, 아까워. 수고비라면 얼마든지 줄 수 있는데⋯⋯."

눈치가 빠른 홍삼포는 이미 무열의 약점이 돈이라는 것을 일찍이 파악하고 있었다. 그리고 역시 수고비라는 말에 귀가 번쩍 뜨이는 무열이었다.

그렇지만 아무래도 혈도를 다 뚫어 주는 일은 어려워

보였다. 지금도 솔직하게 자신은 마라톤을 완주한 것처럼 지친데다 애 하나를 잡을 뻔했다.

'쳇, 이 영감탱이가 머리를 쓰는군.'

"대신 어차피 따님의 사범을 잠시 하기로 했사오니 기회가 되면 강룡십팔장(降龍十八掌)을 전수해 드리도록 하겠습니다. 신개 어르신께 받은 선물이니 당연히 돌려드려야 할 무공입니다."

"강룡십팔장!! 자, 자네! 그걸 배웠나?"

"네, 신개 어르신이 필요할지도 모른다고 하시면서 제 몸 하나 지키라고 알려주신 선물이셨습니다."

"제 몸 하나 지키는 게 아니라 세계를 지배하겠구먼. 쩝! 우리 딸에게 알려준다니 고맙기는 하네만. 그 녀석이 그걸 배울 상태가 우선 되어야…… 혹시 녀석이 배울 수 있다면 내 보수는 심심치 않게 쳐 줌세."

"감사합니다."

심심치 않은 보수라는 말에 계산하기 바쁜 무열이었다. 그러나 홍삼포의 표정은 좋아 보이지 않았다. 사실 방장 스님이나 홍삼포는 실제 무열이 어떠한 무공을 얼마만큼 알고 있는지는 내공이 얼마나 되는지는 정확히 알지 못했다.

'왜 저런데, 강룡십팔장이 그리 대단한가?'

홍삼포의 안 좋은 표정에 의문이 드는 무열이었다.

그렇지만 각파의 비전절기를 아는 것만으로도 모자라 강룡십팔장 같은 강맹한 신공까지 익히고 있다는 것은 어찌 보면 무서운 일이었다. 그리고 더 무서운 신공도 알고 있을 가능성도 배제할 수 없었다.

그래서 자신의 딸에게 알려주겠다는 이야기에 즐겁기보다는 무열이 그러한 신공까지 익히고 있다는 사실에 걱정이 앞서는 홍삼포였다.

"허허. 복이로세. 소형제 같은 사람에게 그런 신공의 연이 닿았다니. 신개님이 사람 보는 눈이 있으신 게야. 아미타불."

방장스님은 매우 기쁜 얼굴로 소형제를 칭찬하고 있었다. 무열을 소림사의 태사숙조와 마찬가지로 생각하는 그에게는 기쁜 일이었다.

하지만 여전히 홍삼포는 복잡한 표정이었다. 세속과는 인연을 끊고 살아가는 방장스님과는 달리 그는 세상을 너무나 잘 알았다. 그랬기에 힘을 가진 자들의 행태 또한 잘 알고 있었다. 그래서 무열의 그러한 이야기에 걱정과 씁쓸함이 앞서는 것이다.

"며칠 후 짐을 챙겨서 대환단의 재료를 찾으러 가겠습니다. 그리고 현우에게는 역근경 해석과 가르침에 더 주력하도록 해주시길 바랍니다."

"그렇게 하겠네. 아무래도 가장 좋은 것은 역근경을 깨달아서 스스로 내공을 수련하는 것이 아니겠나."

인사를 마친 무열은 물 먹은 솜 같은 몸을 이끌고 기숙
사로 향했다. 아무리 사용할 수 있는 내공이 많다고 해도
오늘 같은 일은 무리인 듯싶었다.

'하긴 유적지에서 다섯 명이 달려들어서 겨우 하던 일
을 혼자서 어찌해?'

무열이 기숙사로 돌아왔지만 방에는 아무도 없었다. 요
새 들어서 연걸과 강철은 역근경의 해석과 소림오권에 심
취해서 밤낮없이 수련을 하기 바빴다. 그래서 기숙사에
들어가면 혼자 잠드는 경우가 더 많았다.

'이 무공광들은 또 연습 나갔군. 무슨 잠도 안자고 무
공을 연습 하냐.'

무열의 입장에서는 절대 이해가 안 되는 상황이었지만
그들이 그렇게 열심히 해서 무엇인가를 얻을 수 있어서
행복하다면 한편으로 다행이라는 생각이 들었다.

역근경은 자신이 봐도 사실 그냥 어려운 한자의 나열일
뿐이다. 어렵기도 했지만 그걸 해석한다고 갑자기 기가
느껴지고 내공을 쌓을 수 있을 것 같지는 않았다.

나중에 홍삼포에게 개방의 내공 수련법을 듣고 나면 나
름 연구해 보겠지만 그것이 쉬운 일이라면 지금 세상에는
내공 서적들이 넘쳐 날 것이었다.

'어느 천재님이 해내시겠지.'

어차피 며칠 후면 대환단 재료를 찾으러 저 멀리 샹그리라로 관광을 떠나야 할 것이다. 피곤함에 지친 무열은 더 이상 고민은 그만하기로 했다.

지친 상태로 곤하게 잠을 자는 무열의 귓가에는 이른 새벽부터 시끄럽게 잠을 깨우는 소리들이 들렸다.

"스승님, 그만 기침하셨는지요?"

"스승님~"

"소형제, 좀 일어나 보시게."

"형 일어나봐~"

"동생 일어나게."

'스승님? 누구지? 아오! 진짜 이것들이 지친 사람 잠도 못 자게 하네.'

슬며시 눈을 떠보니 의외의 인물들이 자신의 침상 앞에 있었다. 연걸과 강철이야 당연한 일이지만 현무와 현청에 무장은 여기 왜 와 있다는 말인가?

놀란 무열은 갑자기 일어나려고 애를 썼으나 사지가 안 쑤시는 곳이 없었다.

'으…… 어제 무리를 했구나. 오늘 닭죽이라도 끓여먹어야지. 누가 끓여주지도 않겠지.'

천천히 일어나 앉으면서 씁쓸한 마음으로 앞의 무리들을 바라보면서 한숨을 쉬는 무열이었다.

"다들 이른 새벽부터 왜 난리들이세요? 무슨 일이 있나요?"

"흠흠, 다른 일이 아니라 긴히 상의할 일이 있어 들렀네."

평소에는 말도 없고 지나가는 무열에게 인사조차 없던 무장이 나서서 이야기를 하고 있었다.

'무슨 일이지? 이 인간이 나를 별로 안 좋아하는데……'

"어제 현우의 이야기를 들었네만 온몸의 혈도를 다 뚫었다고 하더군. 이제 내공만 쌓으면 절정고수가 될 수도 있다면서?"

"네, 내공이 모여지면 가능한 이야기지요. 그런데 그건 왜 물어보시는지……?"

아침부터 들이닥쳐서 어제 무열이 노가다 뛴 일을 캐묻는 품이 영 수상했다.

'뭔 꿍꿍이래?'

"험험, 다름이 아니라 혹시 나도 가능하겠나?"

'어이없네. 지금 자신도 뚫어 달라 이건가?'

사실 무장은 평소에도 호승심이 강하고 무를 추구하는 기질이 강했다. 그래서 외지인인 무열이 역근경에 소림오권까지 전수한다고 와서 깝죽거리는 꼴이 보기 싫었지만 어제 현우의 소식을 듣고 자존심을 버리고 한걸음에 달려온 것이다.

"죄송하지만 혈도를 뚫는 것은 보통 일이 아닙니다. 더욱이 현우의 경우에는 나이가 어려서 혈도가 많이 막혀 있지 않아서 가능했던 것입니다."

"그래도 시도는 해볼 수 있지 않나?"

'에고, 이제 보니 이런 무욕이 강한 땡중을 봤나? 방장 스님의 수제자라는데 불심의 깊이는 영 아니네.'

무열이 그런 수고로움을 자처할 리도 없었지만 거의 불가능에 가까운 일이었다. 어제의 일도 어떻게 보면 돌쇠 같은 현우의 성격과 행운이 만들어낸 기적이었다.

무열의 생각에는 이런 일일수록 딱 잘라 말해야 편하고 뒤탈이 없는 법이었다.

"제가 능력이 모자라서 힘들 듯합니다."

"그, 그런가? 그럼 이만 가보겠네."

고개를 휙 돌리더니 그 길로 방을 나가 버리는 무장이었다. 실망이 컸겠지만 싫어하는 무열에게 부탁까지 하러 왔던 것을 보면 무척이나 욕심이 났던 모양이다.

이제는 옆에 있던 두 꼬맹이들 차례인 모양이다. 무장이 나가자마자 두 눈을 빛내면서 이구동성으로 말하고 있었다.

"스승님! 그러면 저희들은 어리니 가능한 것이죠?"

"어제 포기한 거 아니었나? 내 기억에 하겠다고 대답한 것은 현우 혼자였는데, 그리고 현청, 너는 지금 몸 상태가 안 좋아서 불가능하니 그만둬라."

"거봐. 너는 안 될 거라고 했지?"

이야기를 듣자마자 현청은 풀이 죽어서 어깨가 축 쳐지고 눈은 바닥을 향하고 있었다. 그런 그를 옆의 현무는 흘겨보면서 고소하다는 듯이 말을 하고 있었다.

그러나 어차피 현무라고 해줄 리가 없는 무열이었다.

'야! 너는 될 것 같으냐? 평소에는 스승님 소리도 안 하는 것들이⋯⋯.'

"그리고 현무! 넌 어제 분명히 대답하지 않았으니 그것으로 끝인 거야. 기회는 한 번이었고, 소림사의 하늘이신 방장님의 질문에 대답하지 않은 것은 너였으니 책임은 네 스스로 지는 거다."

"네⋯⋯에⋯⋯."

기운이 빠진 두 꼬맹이들은 둘 다 바닥에 동전이라도 있는지 아래만 쳐다보고 있었다.

"그만들 가보도록. 스승님 아침잠 방해하지 말고!"

"네, 알겠습니다."

다 죽어가는 처진 목소리로 방을 나가는 두 녀석이었다.

'에고, 어제 현우의 일로 소림사 내에 뚫어뻥 바람이 불었구나. 쯔쯔. 혈도만 뚫으면 절정고수라도 되는 줄 아

나? 그리고 그게 좀 어려워? 쳇!'

그렇게 인원수가 줄어들자 다시 조금 더 자야겠다고 생각하는 무열이었다. 그러나 아직 자신을 강렬히 바라보는 뜨거운 눈빛들이 남아 있었다.

"설마 둘도 그런 이야기를 꺼내는 건 아니죠? 어림도 없으니 말도 꺼내지 마세요! 지금 다 죽어간다고요!"

"아니…… 그래도 무열 동생, 사람이 어찌 그리 차갑나?"

"형, 너무해요. 이야기는 들어보지도 않고!"

그들의 불평불만은 끝도 없이 이어질 기세였다. 아무래도 그놈의 혈도를 다 뚫어서 고수가 되고픈 욕망은 무인들에게는 소중한 로망인 모양이다.

'진짜! 뚫어뻥 약이라도 하나 개발해 봐? 돈은 정말 많이 벌겠네. 저 무공광들에게 팔면…….'

아마 아무리 비싸도 불티나게 팔릴 가능성이 높았다. 그래도 지금은 생각하기에는 온몸과 머리가 아픈 무열이었다.

"악! 다들 그만!"

소리를 꽥 지른 다음 돌아누워서 이불을 머리까지 덮어 썼다. 연걸과 강철도 무안한지 헛기침을 몇 번하더니 밖으로 나가는 듯했다.

그 후로도 며칠 동안 만나는 스님들마다 혈도 뚫는 것

에 대한 이야기를 하는데 시달려야 했다. 오죽하면 주방
의 숙수까지 이야기를 꺼내서 확 주방을 뒤집을까 하다
참은 무열이었다.

'다시는 누구 뚫어주나 봐라! 에잇! 자꾸 뚫어! 뚫어!
하면 다들 관장을 해 버릴까 보다!'

다들 그놈의 뚫는 것을 좋아하는 모양이나 항문이나 확
실하게 관장해서 숙변이나 제거해 줄까 싶은 검은 욕망이
스멀스멀 드는 무열이었다.

더 생각하면 자신이 변태가 되는 것 같아서 생각을 지
우고 잠을 청하는 무열이었다. 이제 내일이면 샹그리라로
떠나는 날이니 여행에 대한 즐거운 생각만 해야 한다고
다짐을 하다가 잠이 들었다.

아침 일찍부터 짐을 싸고 있던 무열은 참견하는 두 시
커먼 남자들 때문에 피곤했다.

"형, 혼자 가도 되는 거예요? 저라도 데려가면……."

"아니네, 동생. 작은 동생보다는 내가 힘이 될 건데.
나랑 같이 가지."

비행기를 타고 또다시 차를 이용해서도 한참을 가야 하
는 여정이다. 물론 다행히도 홍삼포의 배려로 여행지까지

는 퍼스트 클래스와 최고급 자동차에 수행원까지 제공되었다. 더욱이 여행 경비도 넉넉했다.

가서 붉은 눈 고양이인지 푸른 눈 고양이인지를 찾아서 똥을 찾아야 하는 신세였지만 속으로는 신나는 무열이었다.

'맛난 것도 먹고, 이번에는 제대로 여행하고 와야지. 후후후.'

"둘은 제대로 역근경 공부하면서 소림오권이나 완벽하게 익혀두세요. 길어봤자 열흘 내로 돌아올 거니까요."

무열이 역근경을 소림에 전한 일과 소림오권을 전수해 준 것도 알고 있는 연걸과 강철이었지만 그가 얼마나 강력한 힘을 가지고 있는지는 꿈에도 모르는 이들이었다.

그러니 깊고 험하다는 곤륜산맥을 혼자 뒤져 보러 간다는 말에 걱정이 태산이었다. 목적도 잘 모르는 둘은 그저 소림사에 중요한 일이라서 간다는 것만 알고 있을 뿐이었다.

"괜찮겠나?"

"그럼요. 우선 올라가서 방장님과 여러분들에게 인사하고 가도록 하지요."

짐을 다 챙긴 무열은 둘과 함께 뒷산의 사찰로 올랐다. 중앙 건물에 가니 이미 다들 여행을 떠나는 무열을 기다리고 있었다. 무열은 여러 사람들을 향해서 고개를 숙이고 인사를 건넸다.

"잘 다녀오겠습니다."

"소형제, 자네가 큰 짐을 혼자 지고 가게 해서 미안하네."

"별 말씀을 다 하십니다. 일이 잘되어서 소림사의 미래, 그리고 나아가 전 무림이 밝아지길 기대합니다. 아무쪼록 좋은 소식을 가지고 돌아오도록 하겠습니다."

'이제는 사탕발림 무림 언어도 끝내주게 한다니까. 훗!'

그런 무열의 속내와는 달리 표정만은 진지했다. 그리고 방장스님은 안타까운 얼굴로 무열에게 인사를 건네고 있었다. 아무래도 소림사의 대환단을 복원하겠다고 무열이 나서서 먼 곳의 깊은 산까지 간다는 것이 마음에 쓰이는 모양이었다. 물론 무열은 소림사보다는 자신의 빚 갚기 프로젝트 때문이었지만 말이다.

그런데 갑자기 평소에 말도 없던 현우가 앞으로 나와서 비장하게 무열에게 말을 했다.

"스승님!"

'잉? 왠 스승님? 짜식. 한 번도 그런 말 안 하더니 폼을 잡네. 야! 내가 죽으러 가나!'

무열의 앞으로 다가와서 무릎을 꿇더니 갑자기 평소와 다르게 말을 길게도 했다.

"그동안 제게 너무나 잘해주셨던 것을 잘 압니다. 더욱

정진해서 꼭 역근경을 제 힘으로 익힐 수 있도록 해보겠습니다."

"그래, 열심히 정진하도록 해라. 네 노력이면 하늘도 무심치 않으실 게다."

'아오, 폼 잡고 말했지만 이건 정말 오글거리네. 그래도 열심히 하겠다는 뜻은 좋은데? 행운을 빌어주마.'

사실 동영상 속의 방장스님은 아무리 감추려 해도 그 외형이 표가 나서 둔한 현우라고 해도 수천 번을 반복해서 보다보니 모를 리가 없었다. 결국 방장스님께 찾아가서 물어봤던 현우는 그렇게 자신을 위해서 신경을 써준 사람이 무열이라는 사실을 알게 되었다.

더욱이 자신의 혈도를 몸소 뚫어준다고 고생한 무열이었다. 그전까지는 자신에게 무공을 알려주는 사람이라고 하지만 외지인이라는 생각에 스승이라는 마음을 진심으로 가지지 못했던 현우에게는 여러모로 생각을 달리하는 계기가 되었다.

그런 의미에서 여전히 성수 대사나 무장 등의 소림사 사람들에게는 무열은 그다지 환영받는 존재는 아니었다. 방장스님의 전폭적인 지원과 신뢰가 있었기에 다들 그를 인정해 주고 따라주었지만 진심은 아니었던 것이다.

"무슨 어디 죽으러 가냐? 클클클. 여행 경비는 어제 전해준 카드로 해결하고, 혹시 몰라서 현금도 충분히 주었으니 걱정은 없겠지만, 문제가 생기면 전화나 해."

홍삼포는 어제 무열에게 경비용으로 사용할 카드와 현금을 넉넉히 준 상태였다. 더욱이 이번에 가는 곳은 아직도 방언으로 인한 언어 문제와 치안을 포함해서 여러 가지로 어려움이 많은 지역이 있기에 수행원도 딸려 보내는 것이다.

물론 산에 들어가서 찾는 부분은 온전히 무열의 몫이었지만 그곳까지의 여행 자체는 편안하게 갈 수 있을 것이다.

'흐흐흐, 카드가 한도액이 무제한이라고 했는데……'

벌써부터 놀 생각에 설레고(?) 있는 무열이었다. 그런 생각에 들뜬 있는 무열의 속내와는 달리 심각한 표정으로 사찰 입구까지 나와서 무열을 배웅하는 일행들이었다.

"잘해내겠지?"

"아미타불. 소형제는 부처님의 사랑을 많이 받는 사람이라 잘될 걸세."

"에잇! 그놈의 군내 나는 아미타불은! 그나저나 저 녀석 돌아올 때까지는 심심하겠어. 맛난 호떡도 못 먹고…… 쩝."

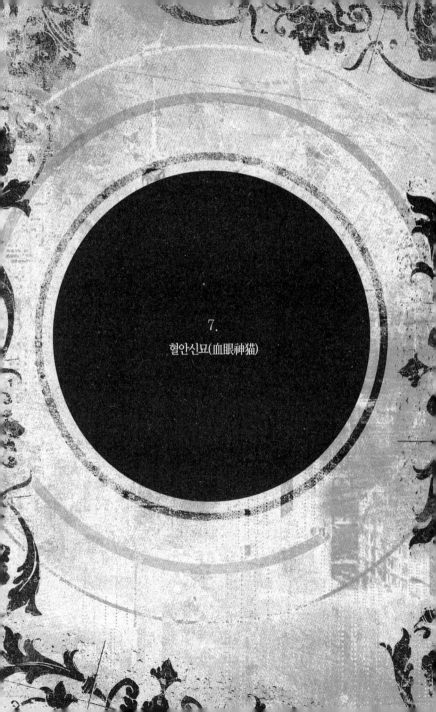

7.
혈안신묘(血眼神猫)

무열은 걱정하는 그들을 뒤로하고 발걸음도 가볍게 여행길에 올랐다.

샹그리라로 가는 길은 평안했다. 무열이 중국에 온 뒤로 가장 행복한 시간이었다. 매 끼니마다 고급 식사와 편안한 이동 수단에 간만에 심신이 편안했다.

그럼에도 하루가 멀다 하고 뭐가 궁금한지 소림사에 있는 연걸과 강철은 전화를 해왔다. 또한 그 숫기 없는 꼬맹이 현우도 무슨 용기가 났는지 심심하면 전화를 걸어왔다.

'다들 왜 이리 귀찮게 해? 쳇, 분명 식돌이가 그리운 거야!'

더욱이 방장스님도 궁금하신지 하루에 한 번은 안부 문

자를 보내오기도 했다. 물론 주로 홍삼포가 음식에 관해서 투정하는 전화가 가장 많았다.

샹그리라에 도착해서도 실제 소문의 근원이 되는 산간 마을까지는 한참을 더 들어가야만 했다. 차도 들어가기 힘든 오지에 위치해 있었다.

더욱이 이 지역부터는 표준어를 사용하는 사람들이 거의 없어서 수행원의 도움이 없이는 힘들었다.

'뭔 마을이 이리 깊이 있어? 이런 산속에 사람이 살긴 사나?'

그렇지만 하루를 꼬박 걸어서 저녁이 되어서야 도착한 마을은 긴 일정의 보상이 될 만한 모습을 보여주고 있었다. 산비탈을 따라 층층이 색이 다른 다랭이 논과 밭이 인상적인 아주 아름다운 마을이었다.

그러한 마을을 끼고 도는 작은 강과 주변에 우거진 초록 숲은 멋진 한 폭의 그림을 보여주고 있었다. 마침 어슴푸레 저녁이 물들고 있는 하늘에 굴뚝에서 연기가 모락모락 올라오고 있어서 운치를 더해주고 있었다.

'와— 진짜 멋지구나!'

이번 일이 아니었더라도 꼭 여행을 오고 싶었던 지역이지만 번화한 샹그리라 도시가 아닌 이런 오지의 산간마을까지 오게 될 줄은 몰랐다.

산비탈의 마을로 들어가 높이 올라가서 내려다보니 계

곡의 상류 쪽으로는 깎아지는 높은 절벽들과 기암들이 강을 따라 비석처럼 즐비했다.

"최고구나!"

무열도 절로 입 밖으로 감탄성이 나오는 곳일 수밖에 없었다.

"멋진 곳이지요. 제가 안내해드릴 수 있는 곳은 여기까지입니다. 이 마을에 미리 민박을 알아두었으니 그곳에 머무시면 되겠습니다."

옆에 있던 수행원 아저씨는 노련한 사람이었다. 중국 공안 쪽 부터 여러 단체에 연이 닿아 있고, 특수부대 경험도 있는 사람이라는데 겉으로 보기에는 평범해 보였다.

"그럼 여기에 머물면서 찾으면 되는 건가요?"

"네, 저는 마을에 계속 있을 터이니 이 지역을 거점으로 해서 산속을 찾아보시면 될 듯합니다. 제가 준비해 온 지도에 우선 소문이 있던 지점들은 모두 표시해 두었습니다."

"알겠습니다."

홍삼포의 치밀함은 놀라웠다. 이 지역을 토대로 소문들이 있던 곳들을 지도에 모두 표시해 두었다니 우선 그 지역들 위주로 찾아보면 되는 것이다.

'생각보다 쉬울 것 같은데.'

우선 일행은 마을에 미리 연락해서 빌려둔 민박집에 짐

을 풀었다. 그리고 무열은 지도를 받아서 어떻게 찾아볼지를 생각하고 있었다.

'음, 여기가 주로 가장 많이 발견되었다는 소문이 있는 곳이네. 이곳하고 여기도.'

지도에 표시로는 생각보다 꽤나 깊은 산속이었다. 아까 보았던 계곡의 상류보다 더 깊은 지역들로 사람이 다니기에는 힘들어 보이는 곳들이었다.

"내일부터 수색을 시작할게요."

"그럼 비상식량과 기본적인 장비를 챙겨두겠습니다."

"장비요?"

"이 지역은 특이하게도 산속에도 기후가 확연히 달라지는 곳들이 많다고 알고 있습니다. 열대 같은 기후부터 아주 추운 눈 덮인 곳까지 있습니다. 그러니 최소한의 장비는 가져가시는 편이 좋습니다. 또한 대다수 가셔야 하는 곳들이 길이 없는 곳들입니다."

"그렇군요."

신기한 일이었다. 현재 기온은 습하고 더운 여름 정도의 날씨인데 산꼭대기나 고원지대에는 눈이 덮여 있다. 물론 산의 높이가 높아서 그럴 수 있다. 하지만 그 산속의 계곡이나 오지에는 열대기후가 함께 존재한다니 역시 신묘한 지역이다.

'뭐, 그 정도는 되어야 그 혈안신묘라는 녀석이 살겠지.'

생김새라고 아는 것은 붉은 눈을 가졌다는 것뿐이지만 역시 편하게만 생각하는 무열이었다.

다음 날 무열은 일찍부터 수행원이 챙겨준 배낭을 짊어지고 산으로 향했다. 배낭은 생각보다 무겁지 않아서 가벼운 발걸음으로 소풍을 간다고 생각하는 무열이었다.

'경치도 죽이지~ 날씨도 죽이지~ 이건 딱 소풍인데. 후후.'

더욱이 배낭에는 먹을 음식물도 잔뜩 넣어서 배가 고플 일도 없었다. 특별히 준비한 초간편 발열음식들이 있었다.

'요새는 기술도 좋아 그냥 간편하게 발열제로 라면에 짜장 덮밥까지 먹을 수 있다니. 후후.'

처음에는 걸었지만 마을에서 멀어지자 이제 신법을 날렵하게 사용하는 무열이었다.

산을 타면서 계곡을 따라 계속해서 깊숙한 곳으로 들어가고 있었다.

한참을 이동하자 더 이상 인간의 흔적이나 인위적인 길은 보이지 않았다.

'이쯤부터라고 했지?'

지도상에는 이 지역부터가 그 혈안신묘와 비슷한 녀석을 봤다는 제보가 시작되는 곳이다. 무열이니까 여기까지 왔지 사실 사람이 오기에는 힘든 지형이 눈앞에 펼쳐져 있었다.

깎아지른 높은 기둥으로 된 절벽들은 높이를 알 수 없을 만큼 높았다. 그리고 그 아래에는 세차게 흐르는 계곡물과 뾰족하고 험난한 바위들이 즐비했다.

'야~ 한 발만 잘못 디뎌도 피떡 되겠네.'

그러나 그러한 기암 기둥 위에서 바라보는 푸른색과 어우러진 풍경은 너무나 멋진 것이었다.

구름보다 높은 곳들도 있어서 그곳에서 바라보는 세상은 가히 선경 같아서 잠시 동안 무열에게 다른 생각을 잊게 만들기에 충분했다.

"야~ 호~"

야— 호—

'음. 높은 산에 가면 이거 한번 해보고 싶었는데, 훗! 우선 밥부터 먹고 시작할까.'

무슨 일이든 매사에 밥 힘으로 하는 거라는 무열의 지론으로 기암절벽 꼭대기에 앉아서는 배낭을 풀어서 라면밥부터 꺼내 들고 있었다.

'세상에 여기에서 라면 먹는 사람은 내가 최초겠지?'

그러더니 그제야 생각이 났는지 주머니에서 휴대폰을 꺼내서 주변을 마구 사진 찍기 시작했다.

'그럼 남는 건 사진뿐이지, 후후. 엉? 여기 휴대폰이 안 터지네.'

생각해 보면 당연한 일이었다. 이 깊은 산중에서 휴대

폰이 터질 리가 없었다. 연락할 일은 없었지만 왠지 낭패
스러운 느낌이 들었다.

'뭐, 괜찮겠지.'

❖ ❖ ❖

무열이 그렇게 기암절벽 위에서 라면 식도락을 즐기고
있을 무렵, 소림사 근처의 야산에는 한 무리가 나타나서
밀담을 나누고 있었다.

"그래, 소교주가 당한 것이 정말 삼매진화(三昧眞火)
를 할 수 있는 고수의 흔적이 맞더냐?"

"그렇습니다. 괴의(怪醫)가 확인하고 나서 교주님께서
도 친히 확인을 하셨다고 합니다."

임아영이 존대를 하고 있는 인물은 현재 교의 실세 중
하나인 팔장로의 외동아들인 혁련강이었다. 그는 어릴 적
부터 무공에 뛰어난 자질을 보인 인재였다. 머리 또한 비
상해서 교에서 많은 무리가 마교신룡(魔敎神龍)으로 부르
며 그를 따르고 있었다.

"홋, 질병이 아니라 고수에게 당하고 그 꼴이 돼서 돌
아온 거였군. 칠칠치 못한 놈. 그러니 경쟁 상대가 되질
않아서 재미가 없단 말이지."

"어떻게 하실 건가요?"

"진짜 그런 고수가 있다면 주의를 해야겠지. 그 정도라면 교주님이 친히 나서야 해결이 되는 문제가 아니겠냐? 다만 확인하는 차원이니까 상관없겠지."

그동안 임아영이 소림사를 염탐한 결과에는 우선 본사 쪽에는 아무런 수상한 자가 없다는 것이다. 그러나 최근에 본사 바로 뒤쪽의 금지 지역으로 자주 출입하는 소수의 무리가 있는 것이 포착이 되어 그쪽을 집중적으로 수색을 할 예정이었다.

"우선 주변에 데려온 혈영대(血影隊)를 풀어서 의심이 되는 곳을 찾아봐라!"

"네, 알겠습니다."

"무엇인가 발견을 하면 연락하고 함부로 나서지는 마라. 놈은 고수일지도 모르니."

"네!"

혁련강이 말을 끝내자 뒤쪽에 서 있던 검은색 옷을 차려입은 십여 명이 날랜 신법으로 사라졌다. 그들은 혁련강이 지휘하고 있는 혈영대로 어린 시절부터 조련해 온 특수부대였다. 암살과 수색에 능했다.

소교주가 교로 돌아왔을 때에는 다들 무모증이라는 질병이라고 의심을 했지만 얼마 지나지 않아서 그것은 질병이 아닌 고수의 흔적일 가능성이 있다고 결론이 났다. 지난 오백 년 마교가 득세한 이래 가장 위험한 적이 출현했을 가능성도 배제할 수 없었다.

'어느 집단에서 그런 녀석이 나온 거지? 현재 무림에는 그런 녀석을 키울 곳이 없는데…….'

아무리 생각해 봐도 이제는 집단 깡패나 다름없는 삼합회를 이루고 있는 사파나 힘없는 소림사에서 그런 녀석이 나올 리는 없었다. 돈독만 올라 있는 개방도 예외였다.

'소교주가 어디서 어떻게 당했는지 모르지만 혹시 괴의가 틀렸을지도 모르지, 교주도 이제는 노인네이니 실수가 있을 수 있고…….'

그래도 그런 놈이 있다면 자신의 실력을 증명하는 발판으로 삼고 싶은 욕구도 가지고 있었다. 각종 영약과 벌모세수(伐毛洗髓)를 통해서 이미 반 갑자에 해당하는 내공을 가진 그였다.

현재의 무림에서는 그의 생각에는 교주와 몇 장로를 제외하고는 자신을 이길 수 있는 자는 세상에 없었다.

'어떤 놈인지 걸리기만 해봐라! 하하하!'

혁련강이 이런 생각을 하면서 소림사의 야산을 배회할 무렵 갑자기 귀가 간지러운 무열이었다.

'잉? 어디서 내 욕을 하나? 분명히 또 그 아귀 집단이

음식 투정을 하는 게야.'

라면밥을 맛나게 먹고 이제 다시 산을 뒤지고 있는 중
이었다. 기암들 사이를 날아다니듯이 뛰어다니면서 계곡
의 상류로 올라가고 있었다.

그때였다! 자신이 뛰어서 내딛으려는 반대쪽 암석 기둥
위에 사람의 형체가 보였다. 사람이 올라가기도 힘든 곳
에 웬 작은 소년이 하나 앉아 있는 것이다.

휘릭—

무열은 날아가면서 자신이 잘못 보았나 생각했지만 건
너편에 도착해서 보니 진짜 사람이었다.

'헉! 여기를 어떻게 올라왔지?'

주변을 둘러봐도 겨우 다섯 평 남짓한 공간에 모든 면
이 절벽으로 된 매우 높은 기둥 모양의 지형이었다.

—어떻게 올라오긴! 바보! 똥 생각밖에 없으면서!

"엥?"

갑자기 머릿속을 울려오는 소리가 들리더니 그 소년은
갑자기 날듯이 깊은 계곡을 향해 아래로 뛰어내렸다.

'미쳤나! 죽으려고 뛰어내려!'

급한 마음에 아무 생각 없이 그 소년의 뒤를 따라 몸을
날린 무열이었다. 신법을 최대한 발휘해서 소년을 따라잡
아서 받아볼 요량이었다.

그런데 어찌 된 일인지 계곡 밑에 도착했어도 소년의

모습이 보이지를 않았다. 대신 계곡 바로 옆의 숲으로 뛰어가는 작은 체구의 동물 같은 것이 살짝 보인 듯했다.

'얘는 어디로 갔지? 물에 빠졌나?'

물속에 빠졌다면 풍덩하는 소리라도 나야 하는데 그것도 아니고, 분명히 귀신이 사라지듯 없어진 것이다.

주변을 계속 두리번거리다가 아까 작은 동물이 뛰어들어 간 숲으로 향했다. 그래도 자신이 잘못 본 것이 아닌 듯해서 계곡과 숲 사이에서 크게 소리 높여서 불러보는 무열이었다.

"꼬맹아―"

"어이― 있으면 대답을 해봐!"

'귀신이 곡할 노릇이네. 뭐, 귀신이야 전에도 본 적이 있지만……'

그런데 생각해 보니 아까 그 소년은 자신에게 전음술과 비슷한 형태로 말한 것이 아닌가 싶었다.

'아! 설마 무림고수!'

이런 산에 무림고수가 숨어 사나? 이제는 무림고수가 있다고 해도 믿을 수 있는 무열이었다. 자신도 존재하는데 은거기인이 없다고 할 수 없었다.

"누구 안 계세요?"

다시 한 번 소리를 질러보던 무열은 대답이 없자 포기한 듯 아까 동물이 들어간 것 같은 숲을 향해서 이동했다.

저녁이 되려면 아직 시간이 있었지만 되도록 빠른 시간에 찾고 일을 끝내고 싶었던 무열은 오늘은 돌아가지 않고 노숙하기로 결정했다. 숲속을 따라 조금 더 걸어가자 마침 작은 동굴이 보였다.

'노숙하기에는 딱 좋네. 침낭도 있고 하니 저기로 할까?'

그렇게 생각하고 동굴에 들어가니 이상하게도 깊은 안쪽에서 따듯한 기운과 희미하지만 빛이 보이는 것 같았다.

'저건 뭐지?'

호기심이 발동한 무열은 빛을 향해서 동굴 안쪽으로 이동하고 있었다.

'설마 금광! 흐흐흐.'

반짝이는 그것이 금은 아닐까 싶어서 왠지 설레는 무열이었다.

그렇게 한참을 들어가서 보니 그것은 바위 틈새로 새어나오는 빛이었다. 그런데 틈이 작아서 작은 동물들이나 어린아이가 겨우 통과할 만한 크기였다.

'안 들어가 봐도 그만이지만 궁금하네, 쩝. 이 정도쯤이야. 후후후.'

신개가 알려준 잡다한 지식 중에 또 하나의 백미는 바로 축골공(縮骨功)이었다. 내공을 이용해서 몸의 근육과 뼈의 위치를 변환시켜서 몸을 최대한 작게 만드는 것이었다. 역용술(易容術)과 함께 알려줬던 것으로 무열이 가장 재미나게 배웠던 기술이다.

최대한 몸을 작게 만든 무열은 그 바위 틈새를 기어들어 가기 시작했다. 조금 들어가니 바로 넓어져서 편하게 이동할 수 있었다.

'어? 여긴!'

생각보다 짧은 통로를 지나니 밝고 넓은 곳으로 나왔다. 놀랍게도 갇힌 공간이 아니라 사방이 절벽으로 막힌 것 같은 계곡이었다. 하늘을 올려다보니 역시 이곳은 분지인 듯했다.

무열을 더욱 놀라게 한 것은 이곳의 가득한 전에 보지 못했던 기화이초(奇花異草)들이었다. 특히 외부와 달리 여기는 기온이 무척이나 따뜻했다. 무열은 얇은 긴팔에 바람막이를 입고 있었는데 더워서 벗어야만 했다.

"와! 무릉도원이 따로 없구나!"

진짜 신선이 산다면 이런 곳에 살지 않을까 싶었다. 온갖 이름 모를 꽃들에서는 향기로운 냄새가 풍겨오고 있었다.

조금 더 걸음을 옮기니 폭포수가 내려오는 곳이 있고 그 아래에는 작은 시냇물과 웅덩이가 이루어져 있었다. 맑은 물속에는 색색의 알 수 없는 물고기들도 보였다.

주변의 나무들에서 들려오는 아름다운 새소리까지 어우

러져 한 폭의 신선도와 다름이 없었다. 심지어 자신이 밟고 지나는 길에는 온통 떨어진 꽃잎들이 가득했다.

—잘도 찾아왔네.

들려오는 소리에 고개를 홱 돌린 무열이었다.

바로 뒤쪽의 작은 나무 그루터기에는 한 마리의 작은 고양이가 있었다. 선명한 루비 같은 붉은색 눈과 은빛 털을 가진 고양이였다. 꼬리로 탁탁 그루터기를 치면서 자신을 쳐다보고 있었다.

'헉! 고양이가 말을! 아니! 그 고양이! 빨간 눈탱이!'

—눈탱이가 뭐야? 고상하지 못하게! 역시 머리에 든 건 똥밖에 없어!

"어! 너 내 생각을 다 알아?"

—인간이 어디서 반말이야! 너보다 수 백 살은 더 먹었거든!

"네, 아, 안녕하세요? 고양이님."

—고양이 아니거든! 쳇!

"네네, 혈안신묘님."

놀랐지만 우선 재빨리 생각을 정리하고 굽실거리고 있는 무열이었다.

혈안신묘라고 해서 붉은색 눈의 고양이라고 생각은 했지만 이런 형태일 것이라고는 짐작도 못한 것이다. 특히 모든 것을 꿰뚫어 본다는 말은 틀린 것이 아니었던 것이다.

'진짜구나. 뭐든지 꿰뚫어 본다는 거.'

—그럼 진짜지. 가짜게?

"생각하는 것이 다 들리네……."

—나도 불편해. 다 들려서.

무열도 잠깐 생각해 보니 그랬다. 모든 생물체의 생각이 다 들린다면 그도 꽤나 불편할 것이라는 생각이 들었다. 사람들이 많은 곳으로 가면 그것은 거의 소음공해 수준일 것이다.

—그런데 어떻게 하면 머릿속에 똥 생각밖에 없어?

"아, 위대하신 혈안신묘님의 배설물을 얻어가야만 해서요. 헤헤."

아부성이 강한 발언과 함께 자신의 목적과 사연을 이야기하는 무열이었다. 역시 환경에 적응(?)을 잘하는 무열이었다.

—그래, 다 알고 있어. 네가 아까부터 생각하는 거 다 보였으니까. 그런데 원하는 것을 주면 넌 뭘 해줄 거야?

"네?"

생각해 보니 그걸 생각해 보지 못한 무열이었다. 혈안신묘라고 해서 그냥 고양이라고만 생각을 했지. 이렇게 지성을 가진 생명체라는 생각을 못한 무열은 곤란함에 잠시 말을 멈췄다.

—내 부탁 하나 들어줘. 그럼 나도 원하는 거 줄 테니까.

"아~하! 그럼요. 원하시는 것이 무엇인지 모르지만 할 수 있는 것이면 해드리죠."

무열은 저 고양이가 무엇을 원할지 머리를 재빨리 굴려 생각해 보려고 노력하고 있었다.

'뭘 또 해달라는 거지? 허구한 날 이놈의 거래나 조건은 내 인생의 팔자인가?'

그러자 혈안신묘가 바로 소리를 꽥 질렀다.

—그만 짱구 돌려! 다 안다니까 그러네. 부탁은 간단해. 내가 여기 산 지 한 팔백 년이 넘었거든. 울 가족들도 있기는 한데 너무 심심해서…….

혈안신묘의 이야기에 의하면 그는 이곳에서 태어나서 여기에서만 살아온 지가 팔백 년이라는 것이다. 가족들도 모두 이곳에 살고 자신들의 동족들도 숫자는 적지만 이곳에 마을을 이루고 살고 있다고 한다. 영물답게 다들 장수하는 모양이었다.

그래도 그는 세상이 너무 궁금하다는 것이다. 가끔 만나는 사람들의 생각을 읽어보는 것만으로는 알 수 없는 실제 세상의 모습을 보고 싶다는 것이다. 그런 생각을 가진 그가 일부러 사람들 가까이까지 가서 사람들에게 발견이 되었던 것이지 안 그러면 사람들은 절대 여기에 자신들이 산다는 것을 알 수 없다고 했다.

"그러니까 데려가서 여행을 시켜 달라? 이런 부탁이신 가요?"

—웅, 내가 보니까 너는 우리들만큼 강한걸. 너랑 다니면 안전할 것 같고, 똥이랑 돈밖에 몰라서 그렇지 약속은 잘 지키는 인간인 것 같아서.

"아…… 네."

고양이를 한 마리 데리고 다닌다는 것이 영 내키지는 않았지만 보아하니 큰 문제가 될 것 같지는 않았다. 스스로 강해 보이기도 하니 짐이 될 것 같지도 않았다.

'설마 뒤치다꺼리를 해줘야 하는 것은 아니겠지?'

—뒤치다꺼리는 너나 만들지 마!

혈안신묘가 자신의 생각을 모두 읽는다는 것을 자꾸 잊는 무열이었다.

"넵! 괜찮은 것 같습니다. 그럼 배설물을 주시는 건가요?"

—그래, 그 구엽자지선란(九葉紫芝仙蘭)이 되게 맛이 없는 것이지만 특별히 먹어줄게.

"네, 감사합니다."

머리를 조아리면서 내심 기분이 좋지 않은 무열이었다. 고양이에게 절하는 신세라니 좋을 리는 없었다. 더욱이 자신은 제약 때문에 특별한 위기 상황이 아니면 무공을 쓰기에 민감했다.

—기분 나빠할 자격도 안 되는 녀석이! 팔백 년 산 나에게 대드는 거냐?

"아! 아닙니다."

더욱이 혈안신묘라는데 어떤 무시무시한 능력이 있을지 몰라서 우선은 참고 보는 무열이었다. 매사에 처세술이 능해야 한다고 생각하고 살아온 그였다. 그래도 마침 이곳에 그 귀하다는 구엽자지선란도 있다고 해서 모든 것이 잘 풀린다고 좋아하는 무열이었다.

혈안신묘는 폭포 바로 밑의 웅덩이 주변을 향해서 꼬리를 살랑거리면서 걸어갔다. 그곳에는 보라색이 선명한 기이한 난초들이 가득 했는데 그중 하나를 앞발로 잡아서 쑥 뽑아내더니 먹기 시작했다.

쩝쩝—쩝—

그러나 그 난초가 맛이 없기는 없는 모양인지 무척이나 인상을 쓰고 툴툴거리면서 먹는 혈안신묘였다. 고양이 얼굴에도 이마 사이로 내천(川)자가 잡힐 수 있다는 것을 처음으로 알게 된 무열이었다.

—배설하려면 몇 시간 있어야 하니까 그동안 우리 여행 계획에 대해서 말해보자.

그리고 갑자기 혈안신묘가 앞쪽으로 재주넘기를 한 번 하더니 어린아이의 모습이 되었다.

'헉!'

─뭘 놀라? 아까 봤잖아?

"……."

─영물을 우습게 아네. 우리는 신선이 되기 직전의 상태라고 알기는 알아?

"아, 그렇군요."

어안이 벙벙해서 멍하니 쳐다보고 있는 무열이었다.

털이 하얀색이라 그런지 머리색도 은빛으로 하얗고 눈은 여전히 루비처럼 붉은 귀여운 아이었다. 신기하게도 옷도 입은 것처럼 변신이 되어 있었는데 옷은 평범한 흰 셔츠와 회색 바지였다. 아까 얼핏 봤을 때에는 소년이라고 생각했는데 열 살 남짓한 어린아이의 모습이었다.

─주변에서 많이 본 옷차림으로 했는데 괜찮아 보여?

"그런 것도 가능하군요!"

─웅, 되도록 이 상태로 여행하려고 하는데. 인간들 속에서 살아가려면 이 모습이 좋지 않겠어?

"그런데 그 모습으로 전음술로 이렇게 대화를 하시면 꽤나 이상할 겁니다. 그리고 꽤나 어, 어려 보이시는데 제가 존댓말을 쓰는 것은 더 이상하구요."

─이거 전음술 아니야. 너희들 표현을 빌자면 혜광심어(慧光心語)와 비슷한 거야. 모든 생물체와 대화가 가능하지.

"그래도 그 대화를 그렇게 하시면 정체가 탄로가 나서……."

"걱정 마. 사람 말도 할 줄 알아."

"헉! 말도 하시는군요."

"그리고 이 모습으로 다닐 동안에는 어쩔 수 없겠지. 네가 내 삼촌이나 형이라고 하고 반말을 허락할게."

"후후, 그럼 그냥 편하게 형이라고 하죠. 그런데 이름을 혈안신묘라고 할 수는 없으니 하나 만들어 보죠."

"이름? 그럼 좋은 걸로 해줘봐."

"여기에서는 이름이 없나요?"

"있어. 인간들 이름과는 많이 다르지만, 샹그리라라고 불러. 의미는 마음속의 해와 달이라는 뜻이야."

"샹그리라요? 아하~ 그럼 샹!으로 하죠."

"샹?"

"네, 부르기 좋잖아요."

"네 마음이 보인다고 했지! 샹!하면서 왜 쌍!하고 생각하는 거야! 그거 네 나라 욕이구나!"

퍽!

"악!"

무열은 샹그리라에게 머리를 한 대 세게 얻어맞았다. 만약 무열이 내공이 없는 일반인이었다면 머리가 터져 나갔을 것이다. 순간적으로 머리를 내공으로 보호해야 할 만큼 위력적인 주먹이었다.

그리고 잠시 무열을 바라보던 샹그리라는 망설이는 듯하더니 무열에게 말을 건넸다.

"그냥 그럼 그냥 루이라고 불러줘."

"그걸 어떻게……."

"다 보인다고 했잖아. 네가 예전에 동생과 함께 기르던 고양이 이름인가 보네. 괜찮아. 예쁜 이름이네."

무열이 어린 시절 동생과 함께 기르던 고양이 이름이 루이였다. 엄마가 돌아가시고 얼마 지나지 않아서 그 녀석도 무지개다리를 건너 버렸던 슬픈 기억이 있다.

"그럼 이제 연습하자. 반말로 이야기도 해보고, 이름 불러봐."

"네…… 아, 루이! 이제 이 형에게 잘해라."

"웅. 형아. 잘할게."

"그래, 그래야 착하지."

"후후, 괜찮은데. 이제 난 가서 배설하고 올게."

말을 마치고 뒤쪽에 보이는 큰 나무 뒤로 재주넘기를 해서 다시 고양이의 모습으로 일을 보러가는 루이였다.

조금 시간이 지난 후에 다시 나와서 변신을 하고 무열에게 가서 가져가라고 신호를 했다.

무열은 준비해 둔 배설물을 채집할 통을 꺼내서 나무 뒤로 돌아갔다. 그런데 아무 생각 없이 나무 뒤를 향하다가 뭔가 물컹거리는 것을 밟았다.

푸직—

"악!"

"역시 똥밖에 모르더니 똥이나 밟고, 더러워라!"

"뭔 똥이 이렇게 많아!"

"그 난초 먹으면 그래서 싫단 말이야! 맛도 없는데 똥
만 잔뜩 나와!"

구엽자지선란은 인간이 먹으면 영초고 귀한 약재이지만
혈안신묘에게 있어서는 장의 운동을 원활히 해서 숙변까
지 제거가 되는 기능이 있었다.

루이가 배출해 놓은 대변이 나무 뒤에 작은 동산을 이
루고 있었기에 무열이 밟게 되었던 것이다.

"으—악! 냄새가!"

무열은 똥을 대충 통에 담아 넣고는 신법을 이용해 최
고 속력으로 달려서 냇가로 가고 있었다. 냇가에서 신발
을 세척하고 똥물이 튄 바지도 벗어서 세탁을 해야 했다.

"윽! 도대체 몇 년 묵은 것이기에 냄새가 이래?"

"누가 그 난초 먹이래? 그거 먹으면 장에 껴 있던 것들
이 다 나온다고……."

무안한지 루이는 중얼거리면서 약간 붉어진 얼굴을 고
개를 숙이고 무열의 원망 어린 시선을 회피하고 있었다.

다행히 배낭에는 갈아입을 바지도 한 벌이 있어서 무열

은 재빨리 바지를 갈아입고 모닥불을 펴 세탁한 바지와 신발을 말리고 있었다.

어느새 슬그머니 루이가 그런 무열의 옆에 와서 앉더니 미안했는지 건조 방법에 대해서 조언을 하고 있었다.

"형아는 바보 같다. 내공을 이용하면 바지도 한 방에 말릴 텐데. 왜 안 써?"

"엉? 그래?"

생각해 보니 자신이 배운 무공을 이용해서 바지에 회전력을 주면 잘하면 물기가 빠져나갈 수도 있었다. 탈수기 원리를 이용하는 것이다.

'하긴 나쁜 목적도 아니고, 똥물에 빠졌으니 이것이야말로 진정한 위기 상황인 게야! 해볼까?'

생각이 들자마자 바지를 잡고 회전시키기 시작했다. 바로 태극권의 묘리를 조금 빠르게 운용하는 것이다. 그러자 물이 사방으로 튀어나가면서 빠져나가고 있었다.

'오~ 진짜 효과가 있네.'

대충 물이 빠져나간 듯해서 그만두고 펼쳐 보니 조금만 말려두면 될 듯했다.

"역시 형아는 조금 맹 한데가 있어. 바보가 맞는 거 같아."

"너, 형에게 자꾸 바보~ 바보~ 하면 안 된다. 어린아이는 그러는 거 아니거든."

"그래, 형아의 그런 면이 좋기도 해. 똥하고 돈 밝히지만 단순해서 말이야. 큭큭!"

무안함이 조금 사라진 루이는 무열을 바라보면서 해맑게 웃고 있었다.

'짜식, 웃으니까 되게 귀엽네.'

실제 그냥 웃는 모습만 보면 루이는 어린아이의 천진난만해 보이는 얼굴 그대로였다. 루비 같은 큰 두 눈을 반짝이면서 웃는 모습은 흡사 만화에 나오는 주인공 같았다.

"팔백 년을 살아온 몸에게 대놓고 그렇게 귀엽다고 하면 안 되지. 내가 볼 때는 형아가 백만 배 더 귀엽거든. 흠흠."

루이는 무열의 생각을 다 읽고 부끄러운지 상기된 얼굴을 옆으로 돌리고 짐짓 자신이 더 어른인 척 연신 헛기침을 하고 있었다. 그런 루이의 모습이 더 귀여운 무열이었다.

사실 나이만 많이 먹었지 세속에 전혀 물들지 않은 루이였다. 어른인 척하지만 어떻게 보면 오지에서 자신들 동족하고만 살아온 세상 물정 잘 모르는 꼬맹이나 다름이 없는 것이다.

"아냐. 원래 동생은 형에게 귀여운 법이야. 그러니 앞으로는 그냥 편하게 지내도록 해봐. 인간 세상에서 자연스럽게 지내려면 그게 좋아."

"훗, 걱정 마. 이 몸이 원래 집에서도 가장 귀엽고 사랑받는 몸이거든."

루이의 말은 사실이었다. 가족들 중에서는 그가 가장 어린 막내였다. 그리고 그의 부모는 이미 선계로 올라간 지 오래라 가끔 찾아오는 정도라고 했다. 다만 함께 사는 형과 누나들이 있다고 했다.

이런 쓸데없는 잡담을 나누면서 무열은 루이와 서로 친해져 가고 있었다. 그리고 이미 늦은 저녁이기에 여기서 하루 머물 생각으로 무열은 가져온 침낭을 꺼내고 식사 준비를 하고 있었다.

"아, 그러고 보니 루이는 뭐 먹고 살아?"

"형아, 한심하네. 사람이나 영물이나 동물인데 먹는 거야 똑같지. 사실 영물이 되고 나면 먹지 않아도 살 수 있지만 말이야."

"그래? 그럼 이거 같이 먹을래?"

준비해 간 비상용 발열 덮밥 종류를 내밀면서 골라 보라는 무열이었다. 루이는 태어나서 인간의 음식은 먹어본 적이 없는지라 호기심이 컸다.

"오! 이거 먹을래! 짜장밥!"

"그래 그거 해줄게. 이거 간단해. 이렇게 열고 여기에 물을 부은 다음에……."

둘은 그렇게 밥을 먹고 모닥불을 피워놓고 앞으로의 여

행 계획이나 무열이 해야 할 일들에 대해서 캠핑 나온 형제처럼 도란도란 이야기꽃을 피우고 있었다.

❖ ❖ ❖

무열과 루이가 그렇게 밤을 지낼 쯤 소림사의 사찰이 있는 대나무 숲 밖에서는 혁련강과 임아영이 누군가를 기다리고 있었다.

"오시긴 오시는 건가?"

"네, 잠시 후면 도착하실 것입니다."

"그래, 여기 이진법 정도면 육장로의 능력이면 충분할 게야."

그들이 그런 말을 하자마자 바로 뒤쪽에서 거칠고 음산한 노인의 목소리가 들려왔다.

"그래, 내 능력을 잘 아는구려. 마교의 신룡이라고 했던가? 클클클."

"어서 오십시오! 육장로님."

"어서 오세요. 스승님."

육장로라는 노인이 나타나자 혁련강은 고개를 숙여 포권을 하고, 임아영은 무릎까지 꿇고 정중하게 인사를 하고 있었다.

육장로인 냉겸(冷謙)은 현재 마교에서 대외적으로는 팔

장로를 밀어주고 있는 상태이기는 하지만 장로들 사이의 경쟁관계는 여전했기에 혁련강과는 그다지 돈독한 사이는 아니었다.

원래 성격이 괴팍하고 혼자 지내기를 좋아하는 그는 진법과 다양한 기문둔갑(奇門遁甲)에 관심이 많았다. 그리고 독술에 능해 별호가 독수노괴(毒手老怪)라 불렸다.

실제 독염마조(毒焰魔爪)라고 불리는 임아영 또한 그의 직계 제자에 해당되었다. 오늘 이 자리에 온 이유 또한 자신이 가장 아끼는 제자인 임아영의 뒤를 봐주려는 의도가 더 컸다.

"그래, 여기가 네가 말한 진법이 있다는 곳이냐?"

"네, 스승님."

육장로는 앞쪽의 대나무 숲을 쳐다보면서 임아영에게 질문을 하고 있었다.

둘이 그렇게 나란히 서 있게 되자 하얀 피부에 아름다운 미모를 자랑하는 임아영과는 대조적으로 육장로의 흉측한 외모가 더 튀어 보였다.

육장로의 외모는 일반적인 사람들이 보기에는 굉장히 흉측한 상태였다. 오랜 시간 독을 다루는 일을 하다 보니 피부의 색은 검붉은 색이고 나이로 인해 자글자글한 주름과 검버섯이 핀 얼굴은 추했다.

"흠, 여긴 아주 단순한 진법이로구나. 쯔쯔. 그러게 진

법의 기본 공부 정도는 해두라고 했더니 소홀히 해 나를
예까지 부른 게냐?"

"죄송합니다. 스승님."

정색하고 바로 스승에게 머리를 조아리는 임아영이었
다. 스승이 자신을 많이 아끼기는 해도 성격이 괴팍하여
종잡을 수가 없는지라 그에게 거슬리는 일은 되도록 하지
않는 것이 현명했다.

"진법이 단순하니 그냥 나를 따라서 이동하면 되겠네."

육장로는 뒤쪽에 있는 혁련강과 혈영대를 바라보면서
말을 이었다. 그리고 말을 다 끝내기도 전에 성큼 걸어서
대나무 숲을 향해 들어가고 있었다.

"방장님! 큰일입니다! 마교들로 보이는 무리들이 숲을
들어오고 있습니다."

"이런!"

한밤중에 급하게 방장실로 달려온 스님은 문을 두드릴
여유도 없이 뛰어들어 와서는 큰소리로 방장스님에게 사
실을 알리고 있었다.

"지금 당장 다들 모이도록 지시하게!"

방장스님은 당황한 얼굴로 자리에서 벌떡 일어나서 큰

소리로 지시를 내리고는 안절부절못하고 있었다.

조용했던 사찰은 그새 북새통이 되어 버렸다. 다들 급하게 중앙 건물 앞으로 모여들었다. 현재 사찰에 있는 인원은 다해서 오십여 명이었다.

"다들 모였나?"

"네!"

"침입자들이 들어오는 모양이다. 아무래도 이곳이 노출되어 진법을 아는 자와 동행하여 오고 있는 모양이니 평소에 계획했던 대로 수행한다!"

"방장님! 그러면……."

옆에 있던 무장이 나서서 격앙된 어조로 말을 꺼내고 있었지만 방장스님은 평소에 그답지 않게 그의 말을 자르고 명령을 내렸다.

"그래, 무장아! 네가 현우와 아이들을 데리고 홍삼포를 따라서 뒷길로 나가도록 하여라."

"그럴 수 없습니다!"

"평소에 누누이 이야기했거늘! 너와 아이들은 소림의 미래니라! 남아서 지켜야 하는 것이 방장인 나의 몫인 게야. 그리고 혼자가 아니라 여기 형제들도 함께하지 않더냐? 그러니 걱정 말고 잠시 피신해 있도록 해라."

"성영이! 정말 그렇게 할 텐가? 차라리 자네도 같이 가도록 하지. 방에 이미 연락을 했으니 한두 시간 후면 우리

쪽 사람들이 도착할 걸세. 아무리 현재가 마교천하라고 해도 공안 사람들 앞에서 함부로 나대지는 못할 거네."

개방은 실질적인 무력을 보유하고 있지는 못했지만 경호 집단과 귀신도 부릴 수 있는 돈이 있었다. 그는 아까 비상소집이 내려지자 재빨리 방파 쪽에 연락을 취해서 공안 당국과 경호 부대를 부른 참이다.

그들이 오면 최소한 마교라 해도 함부로 사람을 마구 죽일 수 없는 노릇이다. 다만 그들이 도착하려면 최소한의 시간이 필요했다.

"그전에 그들이 올 걸세. 현재 무공을 제대로 하는 사람이라고는 자네 혼자이니 않나? 우리 소림의 미래를 자네에게 맡김세. 뒷길로 그들을 데리고 빠져나가 주게. 그동안 우리가 여기에서 막아보겠네. 운이 좋으면 아무 사고 없이 끝날 수도 있을 걸세."

언제 소림이 이토록 비참한 지경에 이르렀는지 방장스님은 결연한 태도로 말을 하고 있지만 피눈물이 흐를 것 같았다.

그래도 소림의 미래를 짊어질 다음대의 방장이 될 무장과 큰 재목이 될 현우를 포함한 아이들은 살려야만 했다. 그들이 살아남는다면 소림이 없어지는 것은 아니었다. 방장스님은 오히려 오늘 같은 날 홍삼포가 있어서 다행이라고 생각하고 있었다.

더 이상 말을 해봤자 자신의 뜻을 바꿀 리 없다는 것을 잘 아는 홍삼포는 굳은 표정으로 고개를 끄덕이더니 주변에 서 있던 현우와 다른 아이들을 챙겨서 뒤쪽으로 향하기 시작했다.

어차피 많은 인원을 데리고 도망친다고 해결될 일은 아니었다. 소수로 빠르게 이동하고 남은 이들이 시간을 벌어주는 것이 더 현명했다.

무장은 스승의 말이었기에 들어야 했지만 차마 발걸음이 떨어지지 않는 듯 머뭇거리고 있었다.

그러자 앞쪽에서 가던 홍삼포가 소리를 대뜸 질렀다.

"빨리 와라! 지체할 시간이 없어!"

무장은 결국 홍삼포의 이야기에 발걸음을 옮기고 있었지만 뒤를 자꾸만 돌아보고 있었다.

그들이 그렇게 사라져 가자 방장스님의 옆에 있던 성수대사가 앞으로 나와서 특유의 걸걸한 목소리와 패기로 남아 있던 스님들에게 일장연설을 하고 있었다.

"자! 저들이 무사히 산을 빠져나갈 수 있도록 우리는 여기에서 시간을 최대한 끌도록 한다! 두려워하지 말라! 죽음도 살아남는 것도 모든 것은 부처님 뜻이니! 아미타불."

"아미타불!"

큰소리로 다 함께 불호를 합장하는 스님들은 하나같이

결연한 표정들이었다.

스님들이 그렇게 긴장된 시간을 보내고 있을 때 마교 일행은 마침 사찰의 정문을 들어서고 있었다.

"호~ 여기에 또 다른 절이 있었군요. 땡중들이 잘도 숨어 살고 있었네요."

"별것도 아닌 진법을 믿고 이 안에 모여 있었나 보군. 클클클."

"스승님, 그런데 사람의 인적이 없습니다. 다들 벌써 줄행랑이라도 쳤을까요?"

"아닐 게다. 미쳐 빠져나갈 시간도 없었을 게야. 저 안쪽에서 사람의 인기척이 있는 듯하구나. 아마 겁이 나서 궁지에 몰린 쥐새끼들 마냥 모여 있는 게지. 클클클."

혁련강과 육장로를 앞에 위시한 일행은 사람이 하나도 없는 사찰의 입구를 지나서 재빨리 중앙 건물 쪽으로 이동하고 있었다.

그들이 스님들이 모여 있는 곳에 도착하자 임아영은 손짓으로 지시를 내리고는 혈영대와 함께 재빨리 흩어져서 뒤쪽에서 도열한 스님들을 포위했다.

그리고 혁련강과 육장로는 방장스님과 성수 대사가 서 있는 앞쪽으로 천천히 다가서고 있었다.

"어서들 오시오, 시주님들. 이 늦은 시간에 사찰에는 무슨 일로들 오셨는지요?"

"하하하! 늙은 땡중이 다 알면서도 시치미를 떼는구
나."

"말 함부로 하지 마라!"

방장스님의 예의 바른 인사에도 오만방자한 혁련강의
말에 화가 난 성수 대사는 버럭 큰소리로 외쳤다.

그러자 그 순간 육장로가 언제 움직였는지 소리도 없이
다가가 팔을 뻗어서 성수 대사의 가슴팍을 찍었다. 이때
육장로의 손바닥은 순간적으로 검은빛을 띠고 있었다.

퍽!

"윽!"

비명도 제대로 지르지 못하고 뒤로 쓰러진 성수 대사는
가슴팍을 부여잡고 있었다. 그리고 그새 그의 얼굴과 입
술은 검푸른 색으로 변하기 시작했다.

"성수 사형!"

놀란 방장스님은 성수 대사의 옆으로 가서 부축했다.
둘은 같은 스승에게서 배운 사형제 사이였다.

평소에 욱하는 기질과 침착하지 못한 성품으로 방장의
자리는 동생인 자신이 물려받았지만 늘 마음속으로는 성
수 대사가 영원히 자신의 사형이라고 존경하고 의지하고
있었던 방장스님이었다.

"괘, 괜찮네…… 쿨럭!"

"독이군요! 아니! 아무 잘못도 없는 사람에게 이리 심

하게 독수를 쓰다니……."

괜찮다고 말하지만 일어서지도 못하는 성수 대사였다.
그러한 그들을 바라보고 서 있던 뒤쪽의 스님들은 움직이
고 싶었지만 울분을 참는 듯 다들 주먹을 꽉 쥐고 이를 악
물고 있었다.

"후후. 역시 별 볼일 없는 것들은 여전하군. 그런데 최
근에 수상한 일이 있었단 말이지."

혁련강은 그런 그들을 내려다보고 비웃으면서 앞으로
다가서서 계속해서 말을 했다.

"여기에 대단한 고수가 숨어 있다는 정보가 최근에 들
어와서 말이지. 그래, 불쌍하게 봐줘서 그자가 어디에 있
는지만 말해주면 파리 같은 목숨들은 살려주마. 어차피
너희들이 숨어서 무엇을 한들 무공 한 수 제대로 못 쓰는
것은 여전한 듯하니."

주변을 둘러보면서 가소롭다는 듯이 말하고 있는 그였
다. 아무리 숨어서 무엇을 도모한다고 해도 이들은 더 이
상 무공을 사용하지 못하는 병신들의 모임일 뿐이었다.
마교의 행사에는 아무런 걸림돌이 될 수 없었다.

"무슨 고수가 있다는 것이오! 이곳은 그저 부처님을 모
시는 절일뿐이란 말이오!"

방장스님이 이러한 항변을 하자 혁련강의 얼굴에는 더
욱 차갑고 냉소적인 미소가 지어졌다.

"훗, 역시 땡중들이 맞군. 중들이 거짓말도 하나?"

그러면서 앞발에 내공을 싫어서 성수 대사와 방장스님 모두를 후려치는 그였다. 수법이 마교의 혈영각(血影脚) 중 한 수였다.

팍! 퍼—퍽!

쿵!

"으……."

"윽!"

강력한 내공이 실린 발길질에 종잇장처럼 뒤쪽으로 날아가 벽에 부딪힌 그들이었지만 신음 소리만 내고 있었다.

"방장님!"

"대사님!"

뒤쪽의 스님들은 여전히 움직이지는 못하지만 애타게 방장스님과 성수 대사를 부르고 있었다.

성수 대사는 그대로 숨이 끊어졌는지 눈을 뜨지 못하고 있었다. 독을 당한 상태에서 강력한 내공이 실린 발길질을 맞고 숨이 멎은 듯했다.

방장스님 또한 조금 전의 충격으로 갈비뼈가 부러져 폐에 박힌 듯싶었다. 정신은 차리고 있었지만 쿨럭 거리면서 피를 토하고 있었다.

"성수 사형…… 쿨럭!"

피를 쏟으면서도 옆에 있는 성수 대사를 흔들어 이름을

부르고 있는 방장스님이었다.

"아~ 이거 애잔한 걸. 후후. 아무도 모르나? 누군가 그 고수라는 녀석에 대한 정보를 말해준다면 이대로 가주겠다."

여전히 비웃는 말투로 뒤를 돌아보면서 스님들에게 질문을 하는 혁련강이었다.

스님들은 피눈물이 맺힌 눈을 부릅뜨고 분노하고 있었지만 아무도 대답하지 않았다.

"흥, 진짜 없었던 일인가?"

흥이 떨어진 듯 혼잣말을 하는 혁련강에게 잠자코 지금까지 지켜보던 육장로가 참견을 하고 나섰다.

"교의 정보에 문제가 있었나 보군. 그나저나 애비와 똑같이 손쓰는 것은 여전히 험악하구나. 클클클."

"아무래도 교로 다시 돌아가서 괴의에게 다시 확인해 보라 해야겠습니다. 그리고 그 말씀은 칭찬으로 알겠습니다. 그럼, 이런 재미도 없는 절간에는 더 있을 필요가 없으니 다들 철수하도록 하지요. 식후 운동거리도 되지 못하지 않습니까?"

혁련강은 역시 잘못된 정보거나 고수가 이곳이 아닌 다른 곳에서 나온 사람이라는 판단을 내렸다. 아무리 생각해도 현재의 소림사에는 그런 고수가 있을 리가 없었다.

그리고 생각보다 싱겁게 일이 끝난 것 같아서 기분이

김이 빠진 그였다. 최대한 빨리 교로 돌아가서 다시 정보를 가지고 그 고수라는 놈을 찾아봐야겠다는 생각을 하고 있었다.

"다들 철수한다!"

혁련강의 명령에 일사불란하고 재빠르게 사찰을 빠져나가는 무리들이었다.

이곳의 스님들을 다 죽인다고 해서 나올 정보도 아니었고 문제꺼리만 될 수 있었다. 자신들의 천하인 세상이었지만 다수의 사람들을 마구 죽이고 다닐 수는 없었다.

마교가 힘을 써서 덮을 수 있는 일들에도 한계는 있었고 필요 없는 일에까지 그러는 것은 인력과 물자 낭비일 뿐이라는 것이 혁련강의 생각이었다.

"그럼, 교에서 보지. 난 먼저 가겠네. 그리고 아영이는 교에 도착하면 바로 들르도록 해라."

"네, 스승님."

육장로는 말을 마치고 바람같이 사라졌다. 남겨진 임아영과 혁련강도 빠른 신법으로 사찰을 벗어났다.

그제야 스님들은 앞을 다퉈서 방장스님과 성수 대사에게 몰려들었다.

"방장님!"

"성수 대사님!"

"자! 우선 응급실에 연락하고, 아래쪽에 의무실 의사를 불러라! 그리고 지혈할 것들을 가져오고…….”

스님들은 바쁘게 움직였다. 이대로 방장스님을 움직이게 되면 더 상처가 악화될 수 있기에 그대로 둔 상태에서 의사를 불러오고 응급처치를 했다.

그리고 뒤쪽 길로 빠져나갔던 홍삼포 일행들에게도 연락이 전해졌다. 그리고 그들 또한 급히 다시 귀환했다.

❖ ❖ ❖

소림사에서 이러한 엄청난 재앙으로 시끄러울 무렵 무열은 모닥불을 쬐면서 노래를 흥얼거리다 갑자기 소림사에 두고 온 이들이 생각났다.

‘매일 전화에 문자에 시달리다가 또 없으니 궁금하기는 하네.’

이곳은 휴대폰이 안 되는 곳이라서 전화를 확인할 방법이 없으니 연락이 왔는지 알 수 없었다.

“형아. 그들도 좋은 사람들인가 봐?”

“아? 응, 좋은 사람들이야. 무공밖에 모르는 바보들도 있고 음식만 밝히는 식충 할아범도 있고 하지만 다들 착해. 특히 방장님을 보게 되면 너도 알게 될 거야. 그 새우눈 하며…….”

옆자리에 있던 루이는 무열의 생각을 읽고서는 소림사

에 있는 사람들이 궁금해졌다.

무열에게는 끔찍한 금제가 걸린 거래나 조건이라는 이름으로 맺어진 인연이었지만 어느새 그들이 좋아진 것이다. 정이란 것이 그랬다. 있을 때는 모르지만 없으면 알게 되는 것이다.

그렇게 밤은 깊어가고 둘은 짙은 군청색으로 깔린 하늘에 무수한 별을 이불 삼아서 잠이 들었다.

아침이 되자 둘은 부산하게 움직이면서 여전히 덮밥 종류를 아침으로 먹은 후 이동을 준비했다. 루이는 여기에서 가져갈 것들이 몇 가지 있다면서 몇 가지 풀과 꽃들을 채집해서 남는 통에 담아달라고 했다.

"그것들은 뭐야?"

"응, 내가 좋아하는 거, 가끔 먹고 싶어질 것 같은데 여기밖에 없어. 아니면 밖의 다른 산에도 있으려나?"

'개다래나무인가? 캣잎?'

고양이가 좋아한다는 나무와 풀을 잠시 상상하는 무열이었다.

"후후, 그런 거 아니야. 하여튼 나중에 먹을 때 형도 조~오~금 줄게. 하는 거 봐서. 자! 이제 신나는 모험을 해볼까!"

"음, 신나는 모험은 아니고 그냥 마을 갔다가 소림사로 가는 게 전부야."

"형아는 해야 할 일들이 많잖아. 그러면 재미난 일들도 많을 것 같아서 따라가는 거야. 후후."

"뭔 재미난 일?"

"웅, 난 알아. 재미날 거라는 거!"

"그런데 가족들에게 인사도 안 하고 가도 돼?"

"이미 인사 다 했어. 형아는 정말 바보구나. 난 꿰뚫어 보는 자야. 형아가 숲에 들어서서 나를 찾기 시작할 때 이미 결정되었다고."

즉, 무열이 루이의 똥을 찾기 위해서 산을 들어서는 때부터 노려졌다는 이야기였다.

과연 이 귀엽고 예쁘기 만한 괴물 같은 녀석이 앞으로의 여정에 어떤 결과를 가져올지는 몰랐지만 우선은 귀엽기도 했고 똘똘해서 좋았다. 물론 순진한 면도 없잖아 있었다.

조금 버르장머리가 없기는 했지만 영물답게 아는 것도 많을 듯하고 귀찮은 일은 없을 듯했기에 무열은 마음이 편했다.

'설마 혹덩이 하나 붙이고 가는 거 아닌 가 몰라.'

그리고 갑자기 소림사에 있는 여러 비슷한 느낌의 혹덩이들이 생각났다.

"가자! 빨리 갈 건데, 너도 신법 같은 거 하지?"

"당연하지. 형아보다 내가 더 잘할 거야. 후후."

둘은 나는 듯이 경쟁하면서 계곡의 기암절벽들을 뛰어넘어서 마을로 향했다. 큰일 하나가 쉽게 해결이 되어 기분이 좋은 무열이었다.

그런데 마을에 다 도착해서 민박집 입구에 들어서자 갑자기 급하게 뛰어나오는 수행원 아저씨를 볼 수 있었다.

"큰일입니다! 무열 님!"

"네?"

"휴대폰이 안 되셔서 연락을 드릴 수가 없었는데 소림사에 일이 터졌습니다. 최대한 빨리 가봐야 할 듯합니다."

"무슨 일이요?"

"가는 길에 말씀드리죠."

수행원은 정신이 없는지 옆에 있는 루이가 누구인지 또는 목적한 혈안신묘의 배설물 채집에 대한 이야기는 일언반구도 없이 무조건 빨리 가야 한다고 재촉을 하고 있었다.

벌써 짐을 다 싸놓고 기다리고 있던 수행원을 따라서 무열과 루이는 급한 걸음을 옮겼다.

"무슨 일인가요?"

"우선 공항에 아예 방주님 전용기를 대기시켜 놓았습니다."

"전용기요?"

'아니! 전세기도 있었어! 쳇, 알고 있었으면 올 때 그

거 타고 온다고 할 걸.'

―형아! 그런 생각할 때가 아니야!

갑자기 무열에게만 들리도록 마음으로 이야기하는 루이였다.

"지금 소림사에 마교놈들이 쳐들어와서 일을 벌였습니다."

"마교요?"

"네, 어떻게 알았는지 뒷산의 사찰까지 들어와서는 난리가 났습니다. 방장님이 많이 다치신 듯하고 성수 대사님께서 명을 달리하신 듯합니다."

"그럴 리가요! 거긴 진법으로 보호된 곳인데……."

"진법에 유능한 마교의 육장로가 직접 왔다는 소식입니다. 하여튼 최대한 빨리 가면서 연락을 하도록 해보지요. 이곳은 연락이 힘들어서 저도 인편으로 연락을 받았습니다."

무열은 충격에 휩싸였다.

'마교가 왜 소림사로 쳐들어와?'

그리고 전에 있던 일들이 생각이 나서 찜찜해지는 무열이었다.

일행은 더욱 빠르게 걸음을 옮겨서 차가 준비되어 있는 곳으로 이동했다.

여러 가지 안 좋은 상상들이 머릿속을 무수히 스쳐 지

나가는 무열이었다.

"형아, 그런다고 해결되는 것은 없어. 가서 생각하는 것이 좋겠어."

"어…… 그래."

수행원은 바삐 차를 몰아서 샹그리라의 공항을 향해 최대한 빠르게 질주했다. 그리고 공항에 도착해서 전용기에 탑승하자마자 바로 출발을 했다.

비행기 안에 들어가서야 홍삼포의 전화를 통 해서 상황을 제대로 전달받게 된 무열 일행이었다.

"되도록 빨리 오도록 해. 성영이가 아무래도……."

"방장님이요?! 도대체 무슨 일이 있었던 거예요?"

"모르겠다. 무슨 고수가 소림사에 숨어 있을 것이라고 생각하고 이곳을 이 잡듯이 뒤져서 진법까지 깨고 들어왔던 모양인데……."

"그래요……."

아무래도 일전에 자신이 저지른 일이 이런 형태로 되돌아온 것은 아닌가 싶어서 마음이 불편해지는 무열이었다.

방장스님은 목숨이 경각에 달린 모양이다. 아무래도 이미 노쇠한 몸에 갈비뼈가 부러져 폐가 많이 다치고 출혈이 심했던 모양이다. 현재 산소호흡기에 겨우 호흡을 유지하고 있다고 한다.

'이럴 수는 없어! 방장님…….'

눈물이 날 것 같은 것을 꾹 누르는 무열이었다. 무거운 죄책감과 함께 왠지 모를 슬픔이 밀려왔다. 그래도 아직은 슬퍼할 일은 없을 것이라고 믿고 싶었다.

"그리고 성수는 이미 고인이 되었어……."

침울한 음성으로 성수 대사의 부고를 알리는 홍삼포였다. 무뚝뚝하고 다혈질인 그와 친한 사람은 별로 없었지만 그는 알게 모르게 소림의 든든한 존재이자 상징이었다.

방장스님이 겉으로 온화하고 부드러움을 갖추고 있다면 그는 엄하고 절도 있는 모습으로 소림사를 이끌어 왔던 것이다.

무열도 그와는 별로 친하지 않았지만 왠지 이 모든 일이 자신 때문에 일어난 일인 듯해서 침통해지고 있었다.

"최대한 빨리 갈게요. 대신 항상 돈 자랑 그렇게 했으니까 최고의 의료진으로 방장님 절대 하늘나라 못 가게 하세요!"

"클클클, 그래. 그렇잖아도 다 불러들여서 하고 있다. 그 녀석이 부처님 보겠다고 가려고 해도 뒷다리 꽉 잡고 안 놔줄 테니 염려 마라."

"참, 혈안신묘 건은 해결했어요. 그 대신 군식구가 하나 늘긴 했지만……."

"그래? 그거 희소식이 되겠는걸. 성영이가 듣고 벌떡 일어날지도 몰라."

둘은 그렇게 농담을 주고받으면서 이 상황이 좋아지길 희망했다.

홍삼포에게는 둘도 없는 친우였던 성영이 무사히 일어나길 간절히 바라는 것은 당연했다.

그 후로도 연걸과 강철, 그리고 현우의 전화에 한동안 시달려야 했다.

옆에 있던 루이는 조용히 그러는 무열을 바라보면서 주변을 구경하고 있었다.

"괜찮을까?"

"글쎄 나도 예언은 못하는 걸. 그냥 생명을 가진 것들의 생각을 읽을 수 있는 것뿐이야. 신선이 되기 위해서 공부 중이니 몇 가지 도술이야 좀 할 줄 알지만…… 그런데 모든 것이 형아 자신 때문이라는 그 생각은 그만둬. 원래 일어나야 할 일들은 어떻게든 이뤄지게 되어 있어."

"그렇지만 그때 불장난만 안 했어도……."

그렇게 복잡한 생각 속에서 일행의 여로는 정주에 가까워지고 있었다.

정주에 도착하자마자 다시 개방에서 제공하는 차를 타고 비밀리에 수소문되었다는 개방 소유의 어떤 개인 집으로 안내가 되었다.

정원이 넓고 철통같은 보안이 되어 있는 집으로 보였다.

정문에 철로 된 대형 문이 열리자 안쪽에서 몇 명의 경호원들이 나와서 일행을 확인 후에 안으로 들여보내 주었다. 차가 건물 앞에 서자 무열과 루이는 내려서 건물 안으로 안내가 되었다.

"이곳입니다. 들어가시죠."

수행원의 안내에 의해서 안으로 급하게 들어가는 무열 일행이었다. 잘 꾸며진 고급 주택이었다. 바닥에도 대리석이 깔려 있고 주변에도 비싼 장식용품들이 보였다.

'역시 개방이 부자이긴 하나보군. 이런 집도 여기저기 가지고 있나 보네.'

감탄을 하면서 2층으로 계단을 통해서 올라가자 눈에 익은 얼굴들이 하나씩 보이기 시작했다. 그런데 갑자기 작은 몸집의 한 녀석이 뛰어와서는 무열에게 안겼다.

"스, 스승님. 방장님이…… 끄윽…… 방장님이요…… 흑흑흑."

뛰어온 녀석은 현우였다. 얼마나 울었는지 벌겋게 퉁퉁 부은 눈으로 콧물까지 흘리고 있었다. 자신의 허리쯤에 닿아 있는 현우의 얼굴에서 흐르는 뜨거운 눈물이 무열의 옷을 적시고 있었다.

'이렇게 작았나?'

그러고 보니 외모는 루이와 비슷한 또래였다. 이제 겨우 열 살의 나이였던 것이다.

"무열 동생, 이제 왔나?"

"무열 형!"

연걸과 강철도 이곳에 함께 있었다. 그들도 먹먹해지는지 아무 말도 더 이상 잊지를 못하고 있었다.

그들이야 무열이 얼마나 강력한 힘을 가졌는지 모르기에 무열이 무슨 일을 했는지 알 수 없겠지만 그저 마교인들이 쳐들어왔던 일이 혹시 일전의 자신들의 일 때문은 아닌 가 마음을 쓰고 있었다.

"이리 오게."

홍삼포는 그런 무열을 잡아끌었다. 그런 무열을 루이는 조용히 따라 들어갔다. 밖에는 현우와 무장, 그리고 연걸과 강철이 남겨졌다.

안에 들어서자 병원의 중환자실을 그대로 옮겨온 듯했다. 특급 의료진과 시설을 몇 시간 만에 갖추고 방장스님을 이쪽으로 옮겨온 개방의 저력은 나름 대단한 것이었다.

복잡한 기계들과 산소 호흡기가 보였다. 방장스님은 튜브에 의지해서 힘겹게 숨을 쉬고 있는 듯했다. 무열은 천천히 옆으로 다가섰다.

"방장님, 다녀왔습니다. 다행히도 목적을 완수하고 왔습니다."

무열은 정중하게 보고를 했지만 방장스님은 아무 반응이 없어 보였다. 혼수상태가 된지 벌써 이틀째라고 한다.

'이 감정을 뭐라고 해야 하는 거지…….'

어릴 적 엄마가 돌아가실 때에 느꼈던 슬픔만큼 격한 감정이 밀려왔다. 오랜 시간을 알고 지낸 것도 아닌데 방장스님은 그새 무열에게 무엇인가를 남겨주고 있었나 보다.

그런 무열을 지켜보던 루이가 말을 걸어왔다.

"내가 잠시라도 대화를 하게 해줄 수 있어. 그런데…… 형아, 알아둬. 어차피 이분은 오래 못 살 거야. 대신 마지막 꺼져 가는 생명을 이용해서 잠시 깨어나게 하는 거야."

"이 녀석은 뭐냐? 뭔데 성영이가 얼마 못 산다고! 고얀 놈!"

옆에서 듣고 있던 홍삼포는 역정을 냈다. 그러고 보니 루이를 이들에게 제대로 소개를 하지도 못했다. 그럴 경황도 시간도 없었다. 그래도 홍삼포라면 믿을만한 사람이라고 생각하는 무열이었기에 솔직하게 말해 주었다.

"방주님만 알고 계세요. 이 녀석이 그 혈안신묘예요. 영물이라 신선이 되려고 도 닦고 있다는데 이런 모습으로 쫓아왔어요. 그 대신에 똥 받아 온 거예요."

"혈안신묘! 호오 그래? 영물에 도술이라…… 그럼 성영이 살리는 건 어떻게 안 되나? 아니면 저 녀석 내단이라도 꺼내서 주면……."

루이가 신선이 되려고 한다는 말에 무슨 영약 보듯이

훔쳐보면서 자신의 바람을 구시렁거리는 홍삼포였다. 물론 루이는 그런 홍삼포를 비웃고 있었다.

"훗, 내단 같은 거 없어요! 어디서 인간들은 하나같이 이상한 풍문만 들어가지고는…… 쯔쯔."

"그럼 살리는 도술은?"

"그런 게 있다 해도 이미 저분은 힘들어요. 운명이 다 되었으니까요. 천리를 거스르는 일은 할 수 없어요."

"운명이 다 되었다고?"

홍삼포는 갑자기 기운이 다 빠진 노인네처럼 방장스님 옆으로 다가가서 안타까운 표정으로 쳐다보더니 혼잣말을 중얼거렸다.

"자네가 부처님을 그리 좋아하더니, 그분이 일찍도 부르는구먼. 그러 길래 적당히 하라고 했더니. 이 친구야……."

끝내 울음 섞인 소리를 말을 끝내지 못하는 홍삼포였다.

불도에 아무리 심취해도 자신부터 살고 봐야 한다고 늘 주장하던 홍삼포와 달리 매사에 이타적인 삶만 살다간 친우였다.

그렇게 잠시 서 있더니 옷깃으로 눈물을 대충 닦고 코를 팽 풀더니 돌아서서 루이에게 말을 거는 홍삼포였다.

"그럼 시도를 해봐라. 마지막 인사는 할 수 있어서 좋

겠어. 클클클. 호통 소리는 한 번 질러줘야 여행길에 외롭
지 않지."

"네, 알겠습니다."

루이는 방장스님에게 다가서 손가락으로 묘한 동작을
취했다. 그러더니 뭐라고 중얼거렸다. 그러자 루이의 손
에서 빛이 나더니 그 빛이 방장스님의 머리 쪽으로 들어
가 사라졌다.

잠시 후 방장스님이 신음 소리를 내면서 깨어났다.

"으으……."

"튜브를 빼도 될 거예요."

루이의 말에 옆에 있던 홍삼포가 재빨리 튜브를 뺐다.

"여보게, 성영이 정신이 드나? 나 알아보겠나?"

"그렇게 가까이 다가와서 고약한 냄새피우지 않아도 자
네인 거 다 아네."

"진짜 정신이 들었구나!"

"그럼 정신이 멀쩡하지. 이 친구가 갑자기 나를 왜 노
망난 노인 취급을 해."

방장스님은 아주 멀쩡히 평소와 다름없이 이야기했다.
여전히 웃는 낯으로 평소와 다름없이 자신의 가장 친한
친우와 한담을 나누는 것처럼 보였다.

그러던 방장스님은 주변을 둘러보고 무열을 발견하자
바로 옆으로 불렀다.

"소형제가 돌아왔구려. 잠시 이리 와보게."

"네, 방장님. 돌아왔습니다."

"무사히 돌아온 것을 보니 목적한 것을 얻었구려. 아미타불…… 역시 자네는 부처님의 사랑을 받는 사람인 게야."

"과찬이십니다. 모두 방장님의 깊은 불심 덕에 부처님께서 소림사에 복을 주신 것이 분명합니다.

이런 때에 진심으로 좋은 이야기를 해드려야 한다는 생각으로 평소에 잘하지 않던 낯간지러운 이야기도 진지한 표정으로 하고 있는 무열이었다.

그런 무열을 보던 방장스님은 갑자기 무열의 손을 붙잡았다.

"급하게 이런 이야기를 꺼내서 그렇지만 내 부탁이 하나 있다네."

"네, 얼마든지 이야기를 하세요."

"그래…… 그랬어. 소형제가 너무나 착한 사람이라는 것을 내 언제나 믿었네. 우리…… 우리 무장이 다음 대의 방장이 될 걸세. 그런데 자네도 알겠지만 그 녀석은 많이 부족하다네. 더 가르쳤어야 하는데 내가 이리되었지 뭔가? 그러니 부탁이네. 혹여…… 혹시라도 나중에 그 녀석이 소형제 자네에게 누가되는 행동을 하더라도 한 번만은 봐주게. 나를 생각해서 그리고 소림을 생각해서 한 번은 참아주게 그래 줄 수 있겠나?"

"그럼요. 무장님이 그럴 리가 없겠지만 약속드릴게요."

"고맙네. 늘 소형제를 마음속에서만은 태사숙조라고 생
각을 했었네. 그리고 현우에게 꼭 좋은 스승이 되어 줄 거
라 믿네."

말을 마친 방장스님은 밝게 웃는 듯했다. 새우 눈은 활
짝 휘어지고 입가는 양쪽으로 빙그레 올라갔다. 그리고
붙잡은 무열의 손을 더욱 꽉 쥐고 있었다.

그러나 그 후 일정 시간이 흘러도 더 이상 방장스님의
입은 떨어지지 않았다. 무열의 손을 통해서 전해져 오는
그의 온기가 아직 따듯했다.

무열의 어깨가 갑자기 떨리기 시작했다. 옆에 있던 루
이도 슬쩍 얼굴을 돌리고 눈물을 훔치고 있었다. 홍삼포
는 한쪽에서 지켜보다 다가와서 무릎을 꿇고 침대에 엎어
져 통곡을 하기 시작했다.

"인사도 못하고 이리……."

무열은 울지 않아야 한다고 생각했지만 눈물이 자꾸 흘
렀다. 잡고 있는 방장스님의 손에서는 이미 힘이 빠진 지
오래였다.

'방장님!'

차마 밖으로 소리 내서 울지도 못하고 온몸을 떨면서
눈물만 떨구는 무열이었다. 자신이 그때 그렇게만 안 했

다면 이렇게 가실 리가 없다는 자책감이 가슴을 가득 채웠다.

늘 어떤 일에도 웃어주기만 하셨던 방장스님의 그동안의 모습들이 주마등처럼 스쳐 지나갔다. 일찍 돌아가셔서 무열에게는 기억조차 없던 할아버지의 온기를 잠시나마 느끼게 해주셨던 분이다.

무열이 어떤 장난을 치더라도 웃어주던 그가 좋아서 몰래 호떡이라도 만들어서 들고 가면 그리도 좋아하던 그였다. 작은 일에도 감동해 주며 늘 웃고 있던 그의 눈은 지금도 이렇게 웃고 있었다.

"형아, 좋은 곳으로 가셨어."

루이는 조심스레 무열의 옆으로 다가와서 팔을 토닥이면서 달래주었다.

그날 이후로 소림의 모든 이들은 깊은 슬픔에서 헤어나오지를 못했다. 그렇게 음식을 밝히던 홍삼포도 며칠을 끼니를 거르고 침통해했다. 그리고 대나무 숲의 사찰에서는 조촐한 인원이 모여서 다비식이 거행되었다.

그리고 홍삼포에 의해 소개된 한의학 전문의들을 총동원해서 대환단 제작에 들어갔다. 그리고 오늘 무열은 홍삼포에게 방장스님을 해한 이들에 대한 정보를 넘겨받기로 했다.

"마교의 팔장로의 외동아들이네. 혁련강이라고 하는데 아주 독한 놈으로 소문이 났지."

"지금은 어디에 있나요?"

"여기에서 일을 벌이고 바로 교로 갔다가 최근에 다시 나와서 여기저기 들쑤시고 다니고 있는 모양이야. 그 녀석이 항상 데리고 다니는 혈영대라는 녀석들도 몇 있네."

"그럼 최대한 빠른 시간에 그놈들이 있는 곳을 알려주세요."

"갈 텐가?"

"제가 전부터 말했지만 은원이 확실한 사람이라고요."

"혼자서 감당이 되겠나? 내도 한몫 거들지."

사실 말은 그렇게 했지만 홍삼포의 능력으로는 혈영대한 명의 힘도 감당하기 어려웠다. 그것이 현재 개방의 현실이었다. 그가 이번에 따라간다면 그것은 목숨을 거는 일이 될 것이다.

"오시면 오히려 짐이 될 거예요. 혼자서 충분하니 걱정 마세요."

"자네 능력이 어느 정도인지는 모르지만 혁련강은 알려진 바에 의하면 반 갑자에 이르는 고수이고, 혈영대 녀석들도 모두 약 이십 년에 가까운 내공을 가지고 있는 이들로 알려져 있네."

"가능해요! 그리고 가능하도록 해야죠."

자신이 가진 제약에서 분명히 혜광 대사가 나쁜 목적이나 사리사욕이라고 했지만 이것만은 분명했다.

'이건 정의를 위한 것이니까!'

무림인들은 협과 의를 말하겠지만 무열에게는 그런 단어보다는 정의를 위한다는 말이 떠올랐다.

'어느 무협 소설에서는 복수는 복수를 낳게 한다고 하지만 그런 것은 개나 갖다 주라 해!'

무열의 주먹에 힘이 들어갔다.

"내일이면 확실한 위치가 들어올 거네."

"그럼 내일 당장 떠나겠습니다. 소림사와 아이들에게는 알리지 말아 주세요. 루이만 데려갈게요."

"알았네."

홍삼포와 대화를 마치고 방을 나선 무열은 밤이 되어가는 사찰을 지나서 기숙사로 향했다. 다른 것들은 변한 것이 없고 고작 두 사람이 없음에도 사찰이 텅 빈 것 같은 공허함이 느껴졌다.

다음 날 무열과 루이는 소림사를 조용히 나섰다. 홍삼포에게 받은 정보로는 혁련강 일행은 일을 마치고 마교의 거점이 있다는 천산으로 향하고 있다고 했다. 시간을 잘 맞춰서 움직이면 그들과 만날 수 있을 것이다.

"가자, 루이."

"응, 형아."

"그런데 신선이 되려면 살생은 안 되겠지?"

"당연하지. 기대는 하지 마. 난 싸움 구경하러 가는 거
니까. 인간들이 그러던데 세상에서 제일 신나는 게 싸움
구경이라고! 후후!"

어이없어 하는 무열이었지만 왠지 피식 웃음이 나왔다.
둘은 개방의 도움으로 천산으로 가는 가장 빠른 경로를
가고 있었다.

외전
무모증

'대마교의 이장로인 이 몸이 아녀자의 화장실 월담이라
니……'

손노괴는 한숨을 크게 내쉬면서 주변에 아무도 없는 것
을 확인하고 화장실을 향해 재빨리 들어갔다. 화장실에
들어서자 각 칸마다 문을 열고 확인하기 시작했다.

'여기 있군!'

그는 품 안에서 펜과 종이를 꺼내서 적기 시작했다.

무모증! 빈모증! 밤이 두려운 당신!

이제 당신도 아름다워질 수 있습니다.

효과 100% 보장!

아름다운 여성을 보장해 드립니다.
연락처 135—272—XXXX

손노괴는 다시 한 번 적은 내용을 확인하고는 화장실 밖으로 날렵하게 신법을 사용해서 나왔다.

'이제 소교주님께 가져다 드리면 되겠어.'

소교주와 그는 시내의 호텔에 머물고 있었다. 본교로 돌아가고 싶었지만 차마 이 몰골로 갈 수는 없었기에 치료약을 구해보는 중이었다.

그는 임무를 무사히 마쳤다는 생각에 뿌듯함을 느끼며 호텔을 향해 최대한 빠른 속도로 걸음을 했다. 호텔 방으로 들어서자 어색한 가발과 눈썹을 붙이고 있는 소교주가 문 앞까지 뛰어나왔다.

"그래, 치료약은 찾았느냐?"

"여기 연락처를 적어왔습니다."

"빨리 연락을 해보거라. 아니다! 내가 직접 해보마."

손노괴의 손에서 연락처를 빼앗은 소교주는 전화기를 꺼내서 재빨리 버튼을 누르기 시작했다.

따르릉…… 따르릉…….

"안녕하세요. 여성사랑센터입니다."

"그곳이 무모증에 좋은 약을 판다던데 사실이냐?"

대뜸 반말로 약부터 물어보는 소교주였다.

"네, 고객님. 무모증과 빈모증에 탁월한 약을 판매하고 있습니다. 실제 사용하신 고객님들께서도……."

"그래? 확실하냐?"

"효과는 확실합니다. 그리고 가격은 카드 결제이신 경우와 일시불 현금인 경우에 조금……."

"설명 그만하고, 위치가 어딘지나 이야기해!"

"이곳은 북경에 위치하고 있습니다. 물품은 택배로 보내드릴 수 있사오니 받아보시면……."

전화를 끊은 소교주는 손노괴에게 짐을 싸라고 하고 여성사랑센터(?)가 있다는 북경으로 최대한 빠르게 가겠다고 나섰다.

둘은 결국 호텔에서 나와 차로 공항까지 이동해서 비행기로 이동을 했다. 그렇게 그 회사가 있다는 건물까지 가는데 하루가 꼬박 걸렸지만 도착을 했다.

"소교주님, 다 왔습니다."

"무슨 회사가 이런 허름한 건물에 있어?"

"그러게요. 소교주님."

께름칙했지만 둘은 건물로 들어섰다. 전화에서 알려준 주소대로 건물 2층으로 가자 간판도 없는 사무실이 보였다.

젊은 여자 한 명이 전화를 받고 있었고, 나이가 조금 있어 보이는 남자 하나가 직원의 전부인 듯했다.

손노괴가 앞으로 나서서 물어보았다.

"여기가 무모증 약을 파는 곳인가?"

"네, 맞습니다. 약을 구입하시게요?"

"두 사람이 사용할 만한 양으로 주시오."

갑자기 손노괴와 소교주를 이상하다는 듯 위 아래로 훑어보던 남자는 묘한 웃음을 지으면서 말을 꺼냈다.

"두 분 모두 아내분이 무모증이신가요?"

"무슨 해괴망측한 소리냐?"

"아시다시피 이 약은 여성의 아래쪽 털에 사용하는 약이라서 말입니다. 흐흐."

"……!"

실실 쪼개면서 말을 하는 남성의 모습에 소교주는 화가 났는지 대뜸 팔을 뻗어서 일장을 날렸다.

펑!

"으ㅡ악!"

"소교주님!"

비명을 지르며 사무실 벽면으로 가서 처박힌 남자는 신음 소리를 내고 있었다. 소교주는 그런 남자에게 다가가서 발로 마구 밟아대면서 소리를 치고 있었다.

"뭐가 계집의 아래쪽 털에 쓰는 약이라는 말이냐!!"

"악!"

"소교주님! 그만하시죠. 그런다고 약이 나올 것도 아니고……."

손노괴가 뜯어말려서 겨우 진정된 소교주는 씩씩거리면서 밖으로 나왔다.

"이제 이대로 본교로 돌아가면 웃음거리밖에 더 되겠느냐?"

한탄하듯이 말하는 소교주가 왠지 불쌍해지는 손노괴였다. 어려서 일찍 어미를 떠나보내고, 자신이 유모와 마찬가지로 돌봐온 도련님이었다.

무뚝뚝하고 일에 바쁜 교주가 아비의 노릇을 제대로 할리 만무했다. 결국 자신이 기른 것이나 진배없는 소교주가 겉으로는 포악해 보여도 속은 아직 어린아이와 같다는 것을 잘 알고 있었다.

"교에 있는 최고의 의원들에게 맡겨보도록 하지요."

"그래도 가면 다들 알게 될 것이지 않느냐?"

"제가 괴의와 친분이 있으니 몰래 교에 들어가서 그에게 약을 받아보겠습니다."

"그래? 그럼 교로 돌아가도록 하자."

외전
혈안신묘

"신선이 되기 위해서는 선업이 아직도 100개나 남았어요."

"아직은 때가 아닌 것이니 너무 마음 졸이지 말거라."

"그래도 엄마, 아빠랑 같이 있고 싶단 말이에요."

이미 오백 년 전에 신선이 되어 선계에 든 그녀에게는 아직 지상에 세 자식이 있었다. 그중 막내인 샹그리라는 항상 그녀의 걱정거리였다. 일찍 부모와 떨어져 자라야 했던 애처로운 아이다.

"샹아야, 모든 집착을 버리지 않는다면 그 길은 더 멀고 먼 길이란다. 네 그 마음도 집착이라 아직 선계에 들지 못하는 것이란다."

"쳇, 선업 100개만 채우면 되는 거잖아요. 매일 인간 세상에 가까이 기웃거려도 선업을 쌓기 힘들다고요."

"허허, 왜 꼭 선업을 인간 세상에서만 찾느냐? 네 주변
의 모든 것들에서 가능한 것을……."

"인간들이 세상에서 가장 불행하고 자주 다투고 그런
생물이잖아요. 그러니 도와줄 일도 많을 것 같아서요. 이
근처에서 다른 생물들 도와주는 작은 일들은 선업 숫자에
도 안 들어가잖아요."

"그렇기는 하다만……."

사실 그녀가 이 세상에 있던 시절에는 인간들과도 자주
교류를 하고 지냈지만 현재는 아예 단절되어 있었다.

과거에는 신선이 되고자 수행을 하는 인간들도 많았다.
그리고 선한 인간들도 지금보다는 더 많아서 영물이라고
는 하지만 세상을 돌아다녀도 크게 문제가 되는 것이 없
었다.

그러나 현재에는 오히려 인간들에게 발견된다면 더 심
한 다툼의 씨앗이 되어 악업을 쌓게 될 가능성이 높았다.
또한 실험 대상이 되거나 동물원이라는 곳에 끌려갈 수도
있었다.

"천기를 누설하는 것은 원래 금기이지만 한 가지를 알
려주마. 얼마 안 있어 이곳에 네 배설물을 찾아오는 인간
이 있을 게다. 그 녀석을 따라가거라."

"와! 엄마, 고마워요!"

얼마 안 있으면 자신도 선업을 채워서 신선이 될 수 있
으리라 믿는 샹그리라였다.

'그 또한 나중에 선계에 들어올 자. 상아와 인연이 닿
아 있으니 괜찮겠지.'

"룰루~ 똥 찾아오는 녀석을 쫓아가면 되는구나! 언제
오려나?"

매일 인간들이 사는 세상에 가까운 쪽으로 가서 똥 찾
아온다는 인간을 기다리는 것이 일상이 된 그였다.

〈『무황전기』 제2권에서 계속〉

King of Martial Arts

1판 1쇄 찍음 2012년 12월 27일
1판 1쇄 펴냄 2013년 1월 2일

지은이 | 김수미
펴낸이 | 정 필
펴낸곳 | 도서출판 **뿔미디어**

편집장 | 이재권
기획 · 편집 | 심재영
편집디자인 | 이진선
관리, 영업 | 김기환, 임순옥

출판등록 | 2002년 9월 11일 (제081-1-132호)
주소 | 부천시 원미구 상3동 533-3 아트프라자 503호 (우)420-861
전화 | 032)651-6513 / 팩스 032)651-6094
E-mail | bbulmedia@hamail.net

값 8,000원

ISBN 978-89-6775-088-6 04810
ISBN 978-89-6775-087-9 04810 (세트)